KB003011

인간 의자

인간 의자

에도가와 란포 단편선

안민희 옮김

人間椅子

북노마드

차례

인간 의자

1925

人間椅子

요시코가 매일 아침 남편의 출근길을 배웅하고 나면 열 시가 넘어 있다. 그러고 나면 요시코는 본연의 모습으로 돌아와 남편과 함께 쓰는 서양식 서재에 틀어박힌다. 요시코는 요즘 K 잡지의 여름 특집호에 실을 긴 소설을 쓰고 있다.

미모의 소설가로 알려진 요시코는 최근 외무성 서기관인 남편의 그림자를 흐릿하게 만들 만큼 본인이 유명해졌다. 집으로는 매일같이 미지의 숭배자들이 편지를 보내왔다.

오늘 아침에도 요시코는 일을 시작하기 전 서재 책상 앞에 앉아 먼저 알 수 없는 사람들에게 받은 편지를 훑어봐야 했다.

편지는 모두 짜 맞추기라도 한 듯이 상투적인 글로 가득했는데, 요시코는 따뜻한 배려를 발휘하여 어떤 편지라도 일단 자기 앞으로 온 것이라면 한 번은 읽어보려고 했다.

짧은 편지를 먼저 읽고, 두 통의 긴 편지와 한 장의 엽서를 보고 나니 제법 부피가 있는 원고처럼 보이는 봉투가 남았다. 원고를 읽어달라고 미리 부탁하는 편지를 받지는 않았지만, 이런 식으로 갑자기 원고를 보내오는 일은 자주 있었다. 대부분은 장황하고 지루하기 짝이 없는 원고였다. 암튼 요시코는 제목만이라도 봐두자 싶어 봉투를 뜯고 안에 든 종이 뭉치를 꺼냈다.

예상대로 원고용지를 철한 것이었다. 그런데 무슨 영문인지 제목도 서명도 없이 느닷없이 '사모님께'라는 말로 시작하는 원고였다. 음? 편지였나? 요시코는 별다른 생각 없이 두세 줄 읽다가 편지에서 뭔가 기이하고, 묘하게 소름 끼치는 느낌을 받았다. 타고난 호기심 탓에 요시코는 계속해서 다음 줄을 읽어내려갔다.

사모님께

누군지도 모르는 남자가 느닷없이 이렇게 무례한 편지를 드리는 죄를 부디 용서하시기 바랍니다.

이런 말씀을 드리면 아마도 깜짝 놀라시겠지만, 저는 지금 사모님께 제가 저질러온 세상에서 가장 희한한 죄악을 고백하려고 합니다.

저는 지난 몇 개월 동안 세상에서 완전히 모습을 감추고 그야말로 악마 같은 생활을 했습니다. 물론 이 넓은 세상에 누구 하나 제 소행을 아는 사람은 없습니다. 만일 아무 일도 없었다면 저는 그대로 영영 세상으로 돌아오지 않았을지도 모릅니다.

그런데 최근 제 마음속에서 이상한 변화가 일어났습니다. 업보로 가득한 제 인생을 참회하지 않고는 견딜 수 없을 것 같았습니다. 이렇게만 말씀드리면 여러모로 수상하게 여기시겠지만, 부디 이 편지를 끝까지 읽어주셨으면 합니다. 그러면 제가 왜 그런 생각을 했는지, 이러한 고백을 왜 하필 사모님께 해야 하는지, 그러한 것들이 전부 명백해질 겁니다.

자, 어디서부터 이야기하면 좋을까요. 너무나도 비인간적이고 기괴한 일을 이렇게 인간적인 수단인 편지로 이야기하자니 조금 민망해서 펜이 나아가지 않는 느낌입니다. 하지만 망설이고 있어봤자 소용이 없지요. 아무튼 사건의 발단부터 순서대로 써가도록 하겠습니다.

저는 태어날 때부터 유난히도 못난 얼굴이었습니다. 이 사실을 꼭 기억해주십시오. 그렇지 않으면, 만약 사모님께서 저의 무례한 부탁을 받아들여 저를 만나주셨을 때 놀라실까 싶습니다. 안 그래도 못난 제 얼굴은 오랜 기간 건강하지 못하게 살았던 탓에 두 눈 뜨고 볼 수 없는 처참한 꼴이거든요. 사모님께서 아무런 사전 정보 없이 저를 보신다고 생각하면 정말 끔찍합니다.

저는 태어날 때부터 죄가 컸던 모양입니다. 이렇게나 얼굴이 못났으면서 가슴속에는 남몰래 아주 격렬한 열정을 불태웠습니다. 괴물 같은 얼굴과 심지어 매우 가난한 직공에 불과한 저의 현실을 잊고, 분수를 모르며 감미롭고 사치스러운 여러 가지 '꿈'을 그려왔습니다.

만일 조금 더 부유한 집에서 태어났더라면 돈의 힘으로 여러 유희에 빠져들어 얼굴이 못났다는 서러움도 잊고 살 수 있었겠지요. 아니면 조금 더 예술적인 재능을 타고났더라면, 아름다운 시나 노래로 인생의 무료함을 잊을 수 있었을지도 모릅니다. 하지만 불행하게도 저는 아무런 행운도 타고나지 못하고 불쌍한 일개 가구 직공의 자식으로 태어났고, 아버지의 일을 물려받아 하루하루 생계를 꾸려갈 수밖에 없었습니다.

제 전문은 의자를 만드는 일입니다. 제가 만든 의자는 아무리 어려운 주문을 한 손님이라도 무조건 마음에 들어 하기 때문에, 많은 거래처에서 저를 잘 봐주고 좋은 일만 안겨주었습니다. '좋은 일'이라 하면 등받이나 팔걸이에 어려운 조각을 넣는 등 여러 가지 까다로운 주문이 있기도 하고, 쿠션의 종류나 각 부분의 치수 등에 세세한 취향을 반영하는 경우가 있기 때문에, 그런 특별 주문 의자를 만들기 위해서는 초보 직공은 상상하지도 못할 고민을 거쳐야 합니다. 하지만 고심하면 할수록 의자가 완성되었을 때 얻는 유쾌함은 이루 말로 할 수가 없이 커집니다. 감히 비유하자면, 그 느낌은 예술가가 훌륭한 작품을 완성했을 때의 기쁨에 견주어야 할 정도입니다.

의자 하나가 완성되면 제가 먼저 앉아보고, 앉았을 때의 느낌을 확인합니다. 특별할 것 없는 직공 생활이지만, 그 시간만큼은 뭐라 말할 수 없는 뿌듯함을 선사합니다. 이 의자에 어떤 고귀한 분, 또는 어떤 아름다운 분이 앉게 될까? 이런 멋진 의자를 주문할 정도의 저택이라면 분명 이 의자와 어울리는 화려한 방이 있겠지. 벽에는 필시 유명한 화가의 유화가, 천장에는 고귀한 보석 같은 샹들리에가 걸려 있을 거야. 바닥에는 비싼 융단이 빈틈없이 깔려 있을 테고, 이 의자 앞에 놓일 테이블에는 눈이 번쩍 뜨일 만한 서양 화초가 달콤한 향기를 풍기면서 피어 있겠지. 그런 망상에 잠겨 있자면 뭐랄까요, 제가 그 멋진 집의 주인이라도 된 것 같은 느낌을 받아서, 정말 한순간이었지만 뭐라 형용할 수 없는 유쾌한 기분이 들곤 했습니다.

제 덧없는 망상은 점점 더 증폭되어 갔습니다. 이런 제가, 가난하고 못난 직공에 불과한 제가 망상의 세계에서는 고결한 귀공자가 되어 제가 만든 멋진 의자에 앉아 있습니다. 그리고 옆에서는 항상 제 꿈에 등장하는 연인이 아름다운 미소를 띠며 제 이야기를 들어줍니다. 그뿐인가요? 저는 망상 속에서 그 사람과 손을 마주 잡고 달콤한 사랑의 말을 속삭입니다.

그런데 저의 포근한 보랏빛 꿈은 늘 순식간에 깨어졌습니다. 집 근처에 사는 아주머니의 시끄러운 수다 소리와 아픈 아이가 신경질적으로 울어대는 소리에 가로막혀 눈앞에 또다시 지독한 현실이 잿빛을 띤 죽은 살을 드러내곤 했습니다. 현실로 돌아온 저는 꿈속의 귀공자와는 눈곱만큼도 비슷하지 않은, 처량하고 못난 제 모습을 발견합니다. 조금 전에 웃어줬던 그 아름다운 사람은…… 그런 건 다

어디에 있는 것일까요? 가까이에 먼지투성이가 되어 놓고 있는 지저분한 보모조차도 저 따위는 쳐다보지도 않습니다. 오로지 하나, 제가 만든 의자만이 조금 전 사라져버린 꿈의 여운처럼 곁에 덩그러니 남아 있을 뿐입니다. 하지만 그 의자는 이윽고 어딘지 알 수도 없는, 제가 사는 곳과는 전혀 다른 세계로 운반되겠지요.

저는 그렇게 의자를 하나둘 완성할 때마다 말로 형용할 수 없는 무료함에 휩싸이곤 했습니다. 뭐라 표현할 수 없는 지겨움으로 가득한 그 마음은 시간이 지나면서 점점 참기 힘들어졌습니다.

'이렇게 계속 벌레같이 사느니 차라리 죽는 게 낫겠어.' 진지하게 그런 생각이 들었습니다. 툭툭 소리와 함께 끌을 사용하면서, 못을 박으면서, 또는 자극이 강한 도료를 개면서 똑같은 생각을 집요하게 이어갔습니다. '잠깐, 아니지. 죽고 싶을 정도라면, 그 정도의 결심을 할 정도라면 다른 방법이 있지 않을까? 가령…….' 그렇게 생각은 점점 무서운 방향으로 흘러갔습니다.

마침 그때 저는 한 번도 해본 적 없었던 커다란 가죽 팔걸이의자 제작을 의뢰받았습니다. 같은 Y시에서 외국인이 경영하는 어느 호텔에 납품할 의자였는데, 원래대로라면 자기 나라에서 가져와야 하는데, 저를 고용했던 어떤 거래처가 나서서 일본에도 외국 못지않은 의자 장인이 있다며 어렵게 주문을 받아온 것이었습니다. 그런 만큼 저로서도 먹고자는 것조차 잊고 의자 제작에 힘썼습니다. 정말 혼을 담아 열중해서 만든 의자였습니다.

　　드디어 완성된 의자를 보고 저는 이전까지 느껴본 적 없는 만족감을 느꼈습니다. 제가 만들었지만, 넋을 놓고 볼 만큼 훌륭한 완성도를 자랑하는 의자였습니다. 저는 언제나처럼 네 개가 한 세트로 구성된 의자 중 하나를 해가 잘 드는 마루로 가지고 나가서 편안히 앉아봤습니다. 그 느낌이 얼마나 좋던지! 부드럽게 몸을 감싸주며 너무 딱딱하지도 않고 너무 부드럽지도 않은 쿠션의 탄력, 굳이 염색하지 않은 회색빛 원단을 이어붙인 가죽의 감촉, 적당한 경사를 유지하여 가만히 등을 받쳐주는 꽉 찬 등받이, 섬세한 곡선을 그리며 볼록 솟아 있는 양측의 팔걸이, 그 모든 것이 신기한 조화를 이루며 혼연일체가 되었습니다. 마치 '안락함'이라는 단어가 형태를 갖춰 눈앞에 나타난 것만 같았습니다.

저는 의자 깊숙이 몸을 맡기고 양손으로 둥그런 팔걸이를 부드럽게 어루만지며 멍하니 앉아 있었습니다. 그러자 또 제 버릇, 걷잡을 수 없는 망상이 무지개처럼 눈부신 색깔을 띠고 끝없이 솟아났습니다. 그런 것을 환영이라고 부르는 것일까요? 마음속으로 그려본 것이 너무나도 뚜렷하게 눈앞에 떠오르기에, 혹시 이러다 미쳐버리는 건 아닐까, 무서워질 정도였습니다.

그러다 머릿속에 문득 엄청난 생각이 떠올랐습니다. 악마의 속삭임이라는 것이 아마 그런 일을 가리키는 게 아닐까 싶습니다. 마치 꿈처럼 황당무계하고 매우 소름 끼치는 생각이었지만, 그 소름이 말할 수 없는 매력으로 바뀌어 저를 이끌었습니다.

처음에는 그저 정성을 담아 만든 아름다운 의자를 떠나보내기 싫었습니다. 가능하다면 그 의자가 어디로 가든 쫓아가고 싶은 그런 단순한 바람이었습니다. 그것이 점차 망상의 날개를 펼치다가 어느새 머릿속에서 무르익은 어떤 무서운 생각과 손을 잡고 만 것입니다. 그리고 저는 완전히 미쳐버렸습니다. 그 기괴하기 짝이 없는 망상을 실행에 옮겨보고자 마음먹었습니다.

저는 서둘러 네 개의 의자 중 가장 완벽하게 완성된 팔걸이의자 하나를 모조리 해체해버렸습니다. 그리고 그 의자를 저의 이상한 계획을 실행하기에 알맞은 모습으로 다시 만들었습니다.

그것은 아주 커다란 팔걸이의자였는데, 앉는 부분이 바닥에 닿을 법한 지점까지 가죽이 둘려 있고, 등받이나 팔걸이가 상당히 두꺼웠습니다. 그 안에 사람이 한 명 숨어 있어도 바깥에서는 절대 모를 정도로 커다란 동굴이 있는 셈이었지요. 물론 의자 안에는 튼튼한 나무들과 많은 스프링이 있었는데, 저는 그것들을 적절히 손봐서 사람이 앉는 부분에 무릎을 집어넣고 등받이 안에 상반신을 끼워서 사람이 정확히 의자 형상으로 앉으면 그 속에 숨을 수 있을 정도의 여유 공간을 만들어냈습니다.

그러한 작업은 제가 늘 하는 것이라 별문제 없이 능숙하고 쉽게 해낼 수 있었습니다. 숨을 쉬거나 외부 소리를 듣기 위해 가죽 일부분에 바깥에서는 전혀 알 수 없을 만한 숨구멍을 만들어놓기도 하고, 등받이 안쪽, 즉 제 머리 옆쪽에 작은 선반을 달고 뭔가를 보관할 수 있게 만들어서 그곳에 물통이나 군대용 건빵 등을 채워놓았습니다. 특정한 용도를 위해 커다란 고무 주머니를 달아놓았고, 그밖에 여러 고안을 거친 끝에 먹을 것만 있으면 그 속에 이삼 일 눌러앉아 있어도 결코 불편하지 않게 만들었습니다. 말하자면 그 의자는 사람 한 명이 살 수 있는 집이 된 것이나 다름없었지요.

저는 셔츠 한 장만 걸치고 바닥 부분에 만들어둔 출입구 뚜껑을 열고 의자 속으로 쏙 파고들었습니다. 매우 이상한 기분이 들더군요. 어두컴컴하고 숨이 막혔습니다. 마치 무덤 속으로 들어간 것만 같은 희한한 기분이었습니다. 생각해보면 정말 무덤과 같았습니다. 의자 속에 들어가는 순간부터 투명 망

토를 두른 것처럼 이 세상에서 소멸되는 것이나 다름없으니까요.

　잠시 후에 거래처에서 온 심부름꾼이 네 개의 팔걸이의자를 인수하기 위해 커다란 짐수레를 끌고 왔습니다. 저의 제자는(저는 그 아이와 둘이 삽니다) 아무것도 모르고 심부름꾼을 맞이했습니다. 수레에 옮겨 실을 때 한 인부가 "이 의자는 미친 듯이 무겁군!" 하고 소리쳤기에 의자 속에 있던 저는 숨이 멎는 듯했지만, 팔걸이의자라는 것은 원래 무거운 것이기에 딱히 의심을 사지 않았습니다. 이윽고 덜컹덜컹 수레가 움직이며 진동 때문에 제 몸에 이상한 감촉이 전해졌습니다.

　매우 걱정했지만 결국 그날 오후에 제가 들어 있는 팔걸이의자는 별일 없이 호텔의 어느 방에 묵직하게 자리 잡았습니다. 나중에 알게 된 사실이지만, 그곳은 객실이 아니라 사람들이 약속 장소로 이용하거나 신문을 읽거나 담배를 피우는 등 여러 사람이 빈번히 오가는 라운지 같은 공간이었습니다.

　이미 눈치채셨겠지만, 제가 행한 이 기묘한 행위

의 첫 번째 목적은 사람들이 없는 틈에 의자에서 빠져나와 호텔 안을 돌아다니며 도둑질을 하는 것이었습니다. 의자 안에 사람이 숨어 있다니, 그런 멍청한 짓을 누가 상상이나 하겠습니까? 저는 그림자처럼 자유자재로 이 방 저 방을 헤집고 다닐 수 있습니다. 그리고 사람들이 소란스러워질 즈음이면 의자 속 비밀 공간으로 도망쳐서 숨죽이고 그들이 도둑을 찾는 멍청한 행동을 지켜보면 되는 것이죠. 사모님께서는 파도가 치는 해안가에서 소라게라는 생물을 보신 적이 있으신지요? 커다란 거미같이 생겼는데, 주변에 사람이 없으면 제 세상인 양 거침없이 돌아다니다가 아주 잠시라도 사람 발소리가 들려오면 엄청난 속도로 조개껍데기 속으로 도망칩니다. 그리고 털이 부숭부숭하게 자란 징그러운 앞다리를 살짝 껍데기 바깥으로 꺼내고 적의 동태를 살피지요. 저는 딱 그 소라게였습니다. 조개껍데기 대신 의자라는 은신처를 두고 해안가가 아닌 호텔 안을 제 세상인 것처럼 거침없이 돌아다닌 겁니다.

저의 계획은 엉뚱했던 만큼 사람들의 의표를 찌

르는 것이었기에 멋지게 성공을 거두었습니다. 호텔에 도착한 지 사흘이 되니 아주 여유롭게 일을 마칠 수 있을 정도였지요. 뭔가를 훔칠 때의 긴장되면서도 짜릿한 느낌, 훌륭히 성공했을 때의 형용할 수 없는 희열, 그리고 사람들이 코앞에서 저쪽으로 도망갔을까, 이쪽으로 도망갔을까, 하면서 소란을 피워대는 모습을 가만히 지켜보는 재미. 그런 것들이 참 놀라운 매력으로 저를 즐겁게 해주었습니다.

하지만 저는 지금 안타깝게도 그런 이야기를 자세하게 하고 있을 때가 아닙니다. 그즈음 저는 그런 도둑질 같은 것보다 열 배, 아니 스무 배는 저를 더 즐겁게 해주는 기괴하기 짝이 없는 쾌락을 발견했습니다. 사실 그 부분을 고백하는 것이 이 편지의 진짜 목적입니다.

이야기를 조금 앞으로 돌려서 제 의자가 호텔 라운지에 놓인 당시로 가보겠습니다.

의자가 도착하자 한바탕 호텔 주인 등이 의자에 앉아보고 상태를 확인하고 갔습니다. 그 후로는 아주 조용해져서 아무런 소리도 들리지 않더군요. 아마 방에는 아무도 없었겠지요. 그렇다고 해도 도착하자마자 의자에서 나올 용기가 도저히 나지 않았습니다. 저는 상당히 오랜 시간 동안(저만 그렇게 느낀 것일 수도 있지만) 미세한 소리 하나라도 놓칠세라 모든 신경을 귀에 집중하고 가만히 주변의 동태를 살폈습니다.

그리고 잠시 후, 아마도 복도 쪽에서였을까요. 뚜벅뚜벅 묵직한 발소리가 울려 퍼졌습니다. 그 소리가 4~5미터 정도까지 가까워지자 라운지에 깔린 융단 때문에 거의 들리지 않을 정도로 낮은 소리로 바뀌었습니다. 그러더니 곧 어떤 남자의 숨찬 콧소리가 들렸고 제가 어쩌지 싶었던 바로 그 순간, 서양인 같은 커다란 몸뚱어리가 제 무릎 위에 털썩 떨어지더니 푸둥푸둥 두세 번의 반동이 오갔습니다. 제 허벅지와 그 남자의 탄탄하고 위대한 엉덩이는 얇은 가죽 하나를 사이에 두고 온기가 느껴질 정도로 가까웠습니다. 그는 널찍한 어깨를 정확히 제 가슴 부근에 기댔고, 무거운 양팔은 가죽 너머로 제 손에 포갰지요. 그러곤 남자가 시가 연기를 내뿜었을 겁니다. 남성적이고 짙은 향기가 가죽 틈을 통해 흘러들어왔습니다.

사모님. 가령 제 상황이라고 생각하고 상상해보십시오. 그 무슨 불가사의한 광경이란 말입니까? 저는 너무나도 소름이 끼쳐 의자 안의 새카만 어둠 속에서 모든 힘을 끌어 모아 몸을 움츠리고 겨드랑이 아래로 식은땀을 줄줄 쏟아내면서 사고력과 모든 것을 잃은 상태로 그저 넋이 나가 있었습니다.

그 남자를 시작으로 그날 하루, 제 무릎 위에는 여러 사람이 교대해가며 앉았습니다. 그리고 누구도 제가 그곳에 있다는 사실을—그들이 부드러운 쿠션이라고 철석같이 믿었던 것이 실은 저라는 인간의 따뜻한 피가 통하는 허벅지라는 것을—조금도 몰랐지요.

암흑처럼 새카맣고 미동조차 할 수 없는 가죽으로 뒤덮인 세상. 얼마나 기괴하고도 매력 있는 세계였는지 아십니까? 그곳에서는 사람들이 평소 눈으로 보는 것과는 전혀 다른 신비로운 생물로 느껴집니다. 그들은 목소리와 콧김과 발소리, 옷 스치는 소리, 그리고 몇 군데 둥글둥글한 탄력으로 가득한 살덩어리에 불과합니다. 저는 그들 한 사람 한 사람을 얼굴 대신 촉감으로 식별할 수 있습니다. 어떤 사람은 투실투실 살이 쪘고 마치 썩은 생선 같은 감촉을 줍니다. 정반대로 어떤 사람은 딱딱할 정도로 말라비틀어져서 해골처럼 느껴지기도 합니다. 그밖에 척추가 휜 정도, 견갑골이 벌어진 정도, 팔 길이, 허벅지 두께, 또는 엉덩이 뼈 길이 등의 모든 요소를 종합해보면 외모나 지문 이외에 이러한 몸 전체의 감촉만으로도 각각의 사람들을 완벽히 식별할 수 있습니다.

이성도 마찬가지입니다. 일반적으로는 주로 외모로 사람을 평가하기 마련이지만, 의자 속 세계에서는 그딴 것은 아무런 문제가 되지 않습니다. 그곳에는 오로지 몸뚱어리와 목소리, 냄새가 존재할 뿐입니다.

사모님, 저의 너무 노골적인 표현에 기분이 상하지 않으셨으면 합니다. 저는 어느 여성의 육체에—제 의자에 앉은 첫 여성이었습니다—강렬한 애착을 느끼게 되었습니다.

목소리로 추측하자면 아직 젊디젊은 외국 소녀였습니다. 마침 그때 방 안에 아무도 없었는데, 소녀는 무슨 즐거운 일이라도 있었는지, 작은 목소리로 신기한 노래를 부르면서 춤을 추는 듯한 걸음걸이로 라운지에 들어왔습니다. 그리고 제가 숨어 있는 팔걸이의자 앞까지 온 것 같았는데, 느닷없이 풍성하면서도 부드러운 몸을 제 위로 내던졌습니다. 심지어 소녀는 뭐가 그리 재밌었는지 갑자기 아하하하 웃음을 터뜨리더니 손발을 파닥대며 그물에 걸린 물고기처럼 펄쩍펄쩍 뛰었습니다.

그로부터 약 30분 동안 소녀는 제 무릎 위에서 잠시 노래를 부르면서 그 노랫소리에 맞춰 흔들흔들 묵직한 몸을 움직였습니다.

이는 실로 저로서는 전혀 예상하지 못했던 경천동지할 대사건이었습니다. 저는 지금까지 여성은 신성한 존재, 아니 오히려 두려운 존재로 생각하고 얼굴을 마주 보는 것조차도 피해왔습니다. 그랬던 제가 지금 난생처음 보는 외국 소녀와 같은 공간에,

같은 의자에, 심지어 얇은 가죽 한 장을 사이에 두고 피부의 온기가 전해질 정도로 밀착해 있는 것입니다. 하지만 소녀는 조금도 불안해하지 않고 온 무게를 제게 맡기고, 보는 사람이 아무도 없다는 편안함에 흐트러진 자세로 앉아 있었습니다. 저는 의자속에서 소녀를 껴안을 수도 있었습니다. 통통한 목덜미에 입을 맞출 수도 있었지요. 그것 말고도 무슨 행동을 하든지 자유인 것입니다!

이 놀랄 만한 발견 이후, 첫 목표였던 도둑질은 안중에서 사라지고, 그저 신비로운 감촉의 세계를 탐닉하게 되었지요. 저는 생각했습니다. 이것이야말로, 의자 속 세계야말로 내게 주어진 진짜 집이 아닐까? 저처럼 못나고 소심한 남자는 밝고 빛나는 세계에서는 항상 열등감을 느끼며 창피해하고, 비참한 생활을 이어가는 것 말고는 재주가 없는 신세입니다. 그런데 사는 세계를 한번 바꿔보니, 의자 속의 답답함을 참기만 하면 밝은 세계에서는 말을 거는 것은 물론이고 곁에 다가가는 것조차 용납되지 않았던 아름다운 사람들에게 접근하여 그들의 목소리를 듣고 살을 맞댈 수도 있었던 겁니다.

의자 안의 사랑(!), 그것이 얼마나 불가사의하고 도취적인 매력이 있는지 실제로 의자 안에 들어가 본 사람이 아니면 절대 모를 겁니다. 그것은 오로지 촉각과 청각, 그리고 약간의 후각만으로 느끼는 사랑입니다. 암흑세계의 사랑입니다. 절대 이 세계의 사랑이 아니지요. 악마의 세계에 있을 법한 애욕이 이런 것 아닐까요? 이 세계의 사람들 눈에 띄지 않는 구석에서 어떤 기괴하고 무시무시한 일들이 벌어지고 있는지 정말 상상도 못할 일이지요.

물론 처음에는 도둑질이라는 목적만 달성하면 즉시 호텔에서 빠져나갈 생각이었지만, 세상에 없는 기괴한 기쁨에 사로잡힌 저는 나가기는커녕 계속해서 의자 안이 영원한 안식처인 것처럼 그 생활을 지속했습니다.

늦은 밤이 되어 외출할 때면 더없이 주의를 기울였습니다. 조금도 발소리를 내지 않으며 누구의 눈에도 띄지 않도록 조심했기 때문에 당연히 위험한 일이야 없었지만, 그렇다 하더라도 수개월이라는 긴 시간을 그렇게 전혀 발각되지 않고 의자 속에서 살았다는 것은 제가 했음에도 불구하고 정말 놀라운 일이었습니다.

거의 스물네 시간 내내 의자 속의 갑갑한 공간에서 팔을 구부리고 무릎을 접고 있었기 때문에 온몸이 저렸고 몸을 올곧게 펼 수 없었습니다. 나중에는 부엌이나 화장실을 오고 갈 때 다리를 못 쓰는 사람처럼 기어갔을 정도입니다. 저라는 남자는 정말 미친 놈이었던 것 같습니다. 그 정도의 고통을 견딜 만큼 신비로운 감촉의 세계를 버릴 수 없었던 것입니다.

한두 달 동안 그 호텔을 주거지로 삼고 오래 머무는 사람도 있었지만, 원래 호텔이라는 곳은 사람이 끊임없이 오가는 법이지요. 따라서 저의 기묘한 사랑도 시간이 지나면서 상대가 바뀌는 게 당연했습니다. 여러 명의 신비한 연인들은 일반적인 경우처럼 그 사람의 외모로 기억되는 것이 아니라, 신체의 특징을 통해 제 마음속에 새겨졌습니다.

어떤 몸은 조랑말처럼 야무지고 늘씬하며 탄력이 느껴지고, 어떤 몸은 뱀처럼 요염하고 꾸불꾸불 자유자재로 움직였고, 어떤 몸은 고무공처럼 살이 올라 지방과 탄력이 가득했고, 또 어떤 몸은 그리스 조각처럼 힘이 넘치고 두루두루 잘 발달해 있었습니다. 그것 말고도 모든 여성의 몸은 제각각 특징이 있고 매력이 있었습니다.

그렇게 또 다른 여성으로 넘어가는 과정에서, 저는 기존과는 다른 신기한 경험을 맛보곤 했습니다.

한 가지 사건은 유럽의 어느 강대국의 대사가(일본인 호텔 보이들의 이야기를 듣고 안 것이지만) 그의 위대한 몸을 제 무릎 위에 얹었던 일입니다. 그는 정치가보다도 세계적인 시인으로 더 잘 알려진 사람인데, 그랬던 만큼 저는 그 위인의 피부를 느낀 것이 가슴 떨릴 정도로 자랑스러웠습니다. 그는 제 위에서 같은 나라에서 온 사람 두세 명을 상대로 10분 정도 이야기하고 떠나갔습니다. 물론 무슨 말을 한 것인지는 전혀 알 수 없었지만, 그가 제스처를 할 때마다 둥실둥실 움직이는, 일반 사람들보다 조금 더 따뜻하게 느껴지는 몸의 간지러운 감촉이 저에게 말로 표현할 수 없는 일종의 자극을 주었습니다.

그때 저는 문득 이런 상상을 했습니다. 만약! 이 가죽 뒤에서 날카로운 나이프로 그의 심장을 노려 힘 있게 찌른다면 어떤 결과를 초래할까? 물론 그가 다시 일어나지도 못할 정도의 치명상을 줄 것입니다. 그의 본국은 말할 것도 없고 일본 정치계는 그 사건으로 얼마나 큰 소란이 벌어질까요. 신문은 얼마나 격정적인 기사를 쓸까요? 그 사건은 일본과 그의 나라의 외교 관계에도 큰 영향을 줄 것이고, 또 예술이라는 측면에서 봐도 그의 죽음은 세계의 커다란 손실이 될 것이 틀림없습니다. 그런 대사건이 제 손짓 하나로 쉽게 벌어질 수 있다고 생각하면, 기묘한 뿌듯함을 느끼지 않을 수가 없었습니다.

또 한 가지는 어느 나라의 유명한 여성 무용가가 일본을 방문했을 때 우연히 이 호텔에 묵었는데, 단 한 번이기는 했지만 제 의자에 앉았던 일입니다. 그때도 저는 대사 때와 비슷한 감명을 받았지만, 중요한 것은 그분이 저에게 과거에 경험한 적 없는 이상적인 육체미를 느끼게 해주었다는 점이었습니다. 저는 그 어마어마한 아름다움에 사로잡혀 저열한 생각을 할 틈도 없이 그저 마치 예술품을 대할 때와 같은 경건한 마음으로 그분을 찬미했습니다.

그 밖에도 저는 온갖 진귀하고 신비로운, 또는 음침한 경험을 했는데, 그것을 여기서 세세하게 이야기하는 것은 이 편지의 목적도 아니고, 이미 상당히 길어졌으므로 서둘러 중요한 이야기를 하겠습니다.

아무튼 제가 호텔에 온 뒤로 수개월이 지나고, 제 일신상에 한 가지 변화가 생겼습니다. 호텔 경영자가 어떤 사정이 생겨서 본국으로 돌아가게 되는 바람에, 갖춰진 가구들을 그대로 남겨둔 채 호텔을 어느 일본인 회사에 양도한 것입니다. 그러자 일본인 회사는 기존의 사치스러운 영업 방침을 수정하여 조금 더 서민들을 위한 여관으로 바꾸어 돈이 될 만하게 경영하기로 했지요. 그래서 필요 없어진 세간 등은 어느 큰 가구상에 위탁하여 경매에 넘겼는데, 그 경매 목록에 제 의자도 포함된 것입니다.

저는 그 사실을 알고 잠시 실망했습니다. 이를 계기로 다시 사바세계로 돌아가 새로운 생활을 시작해야겠다고 생각했을 정도였습니다. 그 무렵에는 도둑질로 모은 돈이 상당한 액수에 달했기에 원래 세계로 돌아가더라도 예전처럼 비참하게 생활할 필요는 없었습니다. 하지만 다시 생각해보면, 외국인 호텔에서 나왔다는 사실은 한편으로는 큰 실망이지만 다른 한편으로는 하나의 새로운 희망을 의미했습니다. 즉, 저는 몇 개월 동안 그 정도로 많은 이성을 사랑했음에도 불구하고 상대가 모두 외국인이었기 때문에 그들이 얼마나 훌륭하고 좋은 몸을 가졌다 할지라도 정신적으로 묘한 부족함을 느끼지 않을 수가 없었습니다. 역시 일본인은 같은 일본인이라야 진정한 사랑을 느낄 수 있는 것이 아닐까? 저는 점점 그런 식으로 생각했습니다. 그때 마침 제 의자가 경매에 나왔지요. 이번에는 어쩌면 일본인이 사들일지도 모르고, 일본인 가정에 놓일지도 모른다는 것이 저의 새로운 희망이었습니다. 저는 조금 더 의자 속 생활을 이어가보기로 했습니다.

골동품점 앞에서 이삼 일간 매우 힘들었지만, 그래도 경매가 시작되자 다행히 제 의자는 즉시 구매자가 나타났습니다. 오래되긴 했지만, 충분히 사람들의 이목을 끌 만큼 훌륭한 의자였기 때문이겠지요.

구매자는 Y시에서 그리 멀지 않은 대도시에 사는 어느 관리였습니다. 골동품점 앞에서 그 사람의 저택까지 몇 리 정도 되는 길을 매우 진동이 심한 트럭으로 운반되었을 때 저는 의자 속에서 죽을 듯한 고통을 맛보았지만, 그런 것은 구매자가 저의 바람대로 일본인이었다는 기쁨에 비하면 별것도 아니었습니다.

그 관리는 상당히 훌륭한 저택의 주인이었는데, 제 의자는 그의 서양식 집의 넓은 서재에 놓였습니다. 제가 아주 만족했던 부분은 그 서재를 남편보다도 오히려 그 집에 있는 젊고 아름다운 부인이 사용하신다는 점이었습니다. 그 이후로 약 한 달 동안 저는 계속해서 부인과 함께 있었습니다. 식사 시간과 취침 시간을 제외하면 부인의 부드러운 몸은 항상 제 위에 있었습니다. 왜냐하면 부인은 최근 서재에 틀어박혀 어떤 작업에 몰두하고 계셨기 때문입니다.

제가 그분을 얼마나 사랑했는지, 그것은 여기서 장황하게 말씀드릴 것도 없습니다. 그분은 제가 처음 접촉한 일본인이고 심지어 충분히 아름다운 몸을 가졌습니다. 저는 그분께 처음으로 진정한 사랑을 느꼈습니다. 그에 비하면 호텔에서 겪은 수많은 경험 따위는 절대 사랑이라고 부를 수 없습니다. 지금까지는 한 번도 그런 느낌을 받은 적이 없었는데, 그 부인을 대할 때만큼은 비밀스러운 애무를 즐기는 것만으로는 부족해서 어떻게든 제 존재를 알리고자 여러 가지로 고심했다는 사실이 그 증거일 것입니다.

가능하다면 부인 역시 의자 속에 있는 저를 의식해주길 바랐습니다. 그리고 염치 없이 저를 사랑해주시길 소망했습니다.. 어떻게 알리면 좋을까요? 만일 의자에 인간이 숨어 있다는 것을 밝힌다면 부인은 너무 놀란 나머지 남편과 하인들에게 그 사실을 알리겠지요. 그러면 모든 것이 엉망이 될 뿐만 아니라, 저는 무시무시한 죄명 아래 법의 처벌까지 받게 될 것입니다.

그래서 저는 적어도 부인에게 제 의자 위에서는 편안함을 느끼게 하고, 의자에 애착을 갖게 하도록 노력했습니다. 예술가인 부인은 분명 일반인 이상의 섬세한 감각을 갖고 있을 것이 분명합니다. 만일 부인이 제 의자에 깃든 생명을 느껴준다면, 단순한 물질이 아니라 하나의 생물로 애착을 품어준다면 그것만으로도 저는 충분히 만족할 것입니다.

저는 부인이 제 위로 몸을 던질 때면 되도록 푹신하고 부드럽게 받아들이도록 힘썼습니다. 부인이 피곤해할 때면 눈치채지 못할 정도로 천천히 무릎을 움직여서 부인의 몸의 위치를 바꿔주었습니다. 그리고 부인이 꾸벅꾸벅 졸기 시작할 때면 저는 아주아주 미세하게 무릎을 흔들어 요람의 역할을 하기 위해 노력했습니다.

그러한 배려가 통한 것인지, 아니면 단순히 제 착각인지 모르겠지만, 최근에는 부인이 어쩐지 제 의자를 사랑하는 듯한 느낌이 듭니다. 부인은 어린아이가 어머니의 품에 안겨 있을 때처럼, 또는 아가씨가 연인과 포옹할 때처럼 달콤한 부드러움으로 제 의자에 몸을 맡깁니다. 제 무릎 위에서 몸을 움직일 때도 아주 따뜻한 느낌을 줍니다.

저의 정열은 매일같이 격렬히 불타올랐습니다. 그리고 마침내 아아, 사모님, 결국 저는 제 분수도 모르고 엉뚱한 바람을 품게 되었습니다. 단 한 번만, 제가 사랑하는 사람의 얼굴을 직접 보고 이야기를 나눌 수 있다면 그대로 죽어도 상관없다고 생각하기에 이른 것입니다.

사모님, 물론 이미 눈치채셨겠지요. 제가 사랑하는 사람이라고 말씀드린 것은, 실례를 용서하십시오. 실은 바로 당신입니다. 부군께서 Y시의 골동품점에서 제 의자를 사들이신 이후로 저는 당신에게 가닿지 못하는 사랑을 바쳐온 가엾은 남자가 되었습니다.

사모님, 제 평생소원입니다. 단 한 번만 저를 만나주실 수 없을까요? 그리고 한 마디만이라도 이 불쌍하고 못난 남자에게 위로의 말을 건네주실 수는 없을까요? 저는 결코 그 이상을 바라지 않습니다. 그런 것을 바라기에는 너무나도 못나고 불결한 인간이니까요. 제발 부탁드립니다. 끔찍이도 불행한 남자의 절실한 소원을 들어주셨으면 합니다.

저는 어젯밤 이 편지를 쓰기 위해 저택을 빠져나왔습니다. 얼굴을 마주하고 사모님에게 이러한 부탁을 드리기는 너무 위험합니다. 또 저로서는 도저히 할 수 없는 일이기도 합니다.

지금 당신이 이 편지를 읽으실 때쯤이면 저는 걱정 때문에 창백하게 질린 얼굴로 저택 주변을 방황하고 있을 겁니다.

만일 더없이 무례한 저의 부탁을 들어주신다면, 서재 창문의 패랭이꽃 화분에 손수건을 걸어주십시오. 그것을 신호로 저는 아무 일도 없었던 것처럼, 그저 한 사람의 방문자로서 저택 현관 앞으로 가겠습니다.

**

그렇게 이 희한한 편지는 어느 열렬한 소망의 말과 함께 마무리되었다.

편지를 중간 정도까지 읽었을 때, 요시코는 이미 무서운 예감에 사로잡혀 얼굴이 새파랗게 질려 있었다.

무의식적으로 자리에서 일어나 소름 끼치는 팔걸이의자가 놓인 서재를 빠져나와 거실로 갔다. 차라리 편지 뒷부분을 읽지 말고 찢어버릴까 싶었지만, 신경이 쓰였기에 거실의 작은 책상 위에서 뒷부분을 읽었다.

요시코의 예감은 들어맞았다.

이게 무슨, 무슨 끔찍한 일이란 말인가! 요시코가 매일 앉았던 그 팔걸이의자 안에 낯선 남자 한 명이 들어 있었던 것이다.

"아악!!! 소름 끼쳐!!"

요시코는 등에 찬물을 쏟아부은 듯한 오한을 느꼈다. 도저히 이 끔찍한 떨림이 멈추지 않았다.

요시코는 너무 놀랐던 나머지 정신이 희미해져서 이 사태를 어떻게 처리해야 할지, 아무런 생각이 나지 않았다. 의자를 조사해봐야 하나? 어떻게, 어떻게 그런 끔찍한 짓을 할 수 있는 거지? 저 의자에 지금 사람이 들어 있는 것은 아니지만, 음식물이나 그를 따라다녔던 더러운 소지품들이 아직 남아 있을 것이 분명했다.

"사모님, 편지요."

깜짝 놀라 뒤돌아보니 하녀가 방금 도착한 듯한 편지를 가져왔다.

요시코는 무의식중에 그것을 받아 열어보려고 하다가, 문득 봉투 겉면을 보고 편지를 떨어트릴 정도로 심하게 놀랐다. 거기에는 조금 전 읽은 소름 끼치는 편지와 똑같은 필적으로 자신의 이름이 쓰여 있었기 때문이다.

요시코는 한참 동안 그 편지를 열어볼까, 말까 고민했다. 하지만 결국에는 편지를 뜯고 바들바들 떨면서 내용을 읽었다. 편지는 아주 짧았지만, 다시금 요시코를 깜짝 놀라게 할 만한 기묘한 말이 쓰여 있었다.

**

갑자기 편지를 드리는 무례함을 다시 한 번 용서해주십시오.

저는 평소에도 선생님의 작품을 즐겨 읽는 독자입니다. 별도로 보내드린 것은 제 졸작입니다. 한번 읽어보시고 비평해주시면 더없이 감사하겠습니다. 어떤 이유로 인해 원고는 이 편지를 쓰기 전에 보내드렸으니, 이미 읽어보셨을 것 같습니다. 어떠셨는지요? 만일 제 졸작이 아주 조금이라도 선생님께 감명을 드릴 수 있었다면 그보다 더한 기쁨은 없을 겁니다.

원고에는 굳이 쓰지 않았지만, 제목은 '인간 의자'라고 붙이려고 합니다.

그러면 실례를 무릅쓰고, 부탁드립니다. 총총.

목마는 돌아간다

1926

木馬は廻る

"여기는 내 고향 몇 백 리 떠나온 멀고 먼 만주의……"

덜컹덜컹, 쿵, 덜컹덜컹, 쿵, 회전목마는 돌아간다.

올해 쉰 몇 세가 된 가쿠지로는 스스로 원해서 나팔 연주자가 되었다. 옛날에는 고향 마을회관에서 연주하는 음악사로 이름을 날렸지만, 머지않아 유행하기 시작한 관현악이라는 것에 눌리고 말았다. '이곳은 내 고향'이나 '바람과 파도'와 같은 가사가 들어간 군가를 연주하는 것만으로는 고용해주는 곳이 전혀 없었다. 결국에는 가두 광고를 하는 사람들 옆에서 연주하는 악단에 들어가 십수 년의 긴 세월을 험한 세상의 풍파에 시달리며 매일같이 거리를 지나가는 사람들의 웃음거리가 되었지만, 그래도 사랑하는 나팔을 내려놓을 수가 없었다. 내려놓아야지 마음먹은들 딱히 생계를 이어갈 방도가 있는 것도 아니었다. 결국은 본인이 좋아한다는 이유

하나, 그리고 딱히 별수가 없다는 이유 하나로 악단 생활을 지속했다.

그러다 작년 말에 가두 광고 악단에서 '목마관木馬館°'이라는 공연장으로 출장 공연을 왔던 것이 인연이 되어 지금은 매일 출근하고 있다. 덜컹덜컹, 쿵, 덜컹덜컹, 쿵, 소리를 내며 돌아가는 목마 정중앙에는 하얗고 붉은 장막을 두른 작은 무대가 있는데, 그 위로는 사방에 만국기가 펼쳐져 있다. 그 화려한 무대 위에서 금색 견장이 달린 제복을 입고 붉은 가죽으로 만든 악단 모자를 쓰고 아침부터 밤까지 5분에 한 번씩 감독의 피리 소리가 삑삑 울려 퍼질 때마다 '여기는 내 고향 몇 백 리 떨어진 멀고 먼 만주의……' 그가 자랑하는 나팔을 큰 소리로 연주했다.

세상에는 별 희한한 장사가 다 있는 법이다. 1년 365일 손때가 묻어 번드르르 빛나는 목마 열세 마리와 쿠션이 다 늘어진 자동차 다섯 대, 삼륜차 세

○ 1922년 도쿄 아사쿠사에 지어진 대중 극장. 1층에 회전목마가 있고 2층에서 연극, 음악 공연, 만담 등을 했다.

대, 양복을 입은 감독과 검표원 두 명이 회전 무대 같은 판자 위에서 쉬지 않고 돌아간다. 그러면 어린아이들이 아버지, 어머니의 손을 끌고 와서 어른은 자동차, 어린아이는 목마, 아기는 삼륜차를 타고 5분간의 소풍을 신나게 즐긴다. 잠시 귀향한 젊은 승려, 학교를 마치고 집으로 돌아가는 개구쟁이들, 한창때의 젊음이 흘러넘치는 친구들까지 '여기는 내 고향 몇 백 리……' 노래를 즐겁게 따라 부르며 목마 등에 올라타 신나게 몸을 흔들었다.

그러면 그 광경을 지켜보던 나팔 연주자와 북 연주자가 지금까지 잘도 저런 무뚝뚝한 표정을 짓고 있었구나, 싶을 정도로 얼핏 보면 우스워 보여도 있는 힘껏 볼을 부풀려 나팔을 불고, 채를 들고 북을 치면서 어느새 손님들과 하나가 되었다. 목마의 움직임에 음악을 맞추고 무아지경에 빠져 메리, 메리, 고 라운드! 그들의 마음도 함께 돌아갔다. 돌아라, 돌아라, 시곗바늘처럼 끊임없이! 네가 돌고 있는 동안에는 가난도, 지긋지긋한 아내도, 코흘리개 아들의 울음소리도, 안남미로 만든 도시락도, 매실 장

아찌 하나뿐인 반찬도 모조리 잊게 된다. 이 세상은 즐거운 목마의 세계다. 그렇게 오늘도 저문다. 내일도, 내일모레도 저물 것이다.

매일 아침 여섯 시에 종이 울리면 연립 주택의 공용 수돗가로 나와 세수를 하고, 짝짝, 맑게 울려 퍼지는 박수 소리와 함께 하늘에 기도하고, 올해 열두 살 된 큰딸이 등교하기 전 아직 부엌에서 구시렁거리는 동안, 가쿠지로는 아내가 만들어준 도시락통을 들고 서둘러 목마관으로 출근했다. 딸이 용돈을 달라고 조르고, 성질이 불같은 여섯 살 아들이 울어댄다. 정신이 없다. 심지어 그에게는 아직 세 살밖에 되지 않은 막내까지 있는데, 아내의 등에 업혀 코를 훌쩍거리고 있다. 그런 상황에서 아내까지 이번 달 곗돈을 못 냈다며 신경질을 부린다. 이런 일로 가득한 좁디좁은 연립 주택을 벗어나 목마관이라는 별천지로 출근하는 일은 가쿠지로에게 매우 즐거운 일이었다. 푸른색 페인트로 칠한 판자로 지은 목마관에는 '여기는 내 고향 몇 백 리'와 온종일 돌아가는 목마 말고, 이젠 너무나도 익숙해진 나팔 말고,

그를 위로해주는 또 한 가지가 기다리고 있었다.

목마관 입구에는 매표소가 없다. 손님은 자유롭게 목마에 타면 된다. 목마와 자동차에 절반 정도 손님이 차면 감독이 피리를 불었고 덜커덩거리며 목마가 움직였다. 그러면 푸른색 서양식 유니폼을 입은 여성 두 명이 차장이나 멜 법한 가방을 어깨에 걸치고 손님들 사이를 돌아다니며 돈을 받고 표를 끊어주었다. 그중 한 명은 가쿠지로의 동료인 북 연주자의 부인이었다. 서른 살을 훌쩍 넘긴 그 부인은 마치 하녀가 서양 옷을 차려입은 듯한 느낌을 풍겼다. 또 한 명은 열여덟 살 된 소녀였는데, 목마관에서 일할 정도이니 호스티스처럼 미모가 빼어나다고는 할 수 없지만, 열여덟이라는 나이 자체로 어딘가 사람을 이끄는 힘이 있었다. 면으로 만든 푸른 옷이 몸에 밀착되면서 생기는 주름 하나하나가 몸의 굴곡을 드러나게 했고, 청춘의 살 냄새가 면을 거쳐 남성들의 코끝을 간지럽게 했다. 외모가 아름답다고 할 수는 없지만, 어딘가 사랑스러운 매력이 있어서 가끔 손님들이 표를 사면서 장난을 걸기도 했다.

그럴 때는 아가씨도 덜커덩덜커덩 목을 흔드는 목마의 갈기 부분을 붙들고 조금은 기쁜 듯이 장난을 받아주곤 했다. 이름은 오후유였는데, 바로 이 친구가 가쿠지로의 출근길을 즐겁게 하는 사실상 가장 주된 원인이었다.

두 사람의 나이 차이가 상당한 데다, 가쿠지로에게는 부인도 있고 아이가 셋이나 있다는 점을 생각하면 '염문' 같은 것은 창피해서 상상도 할 수 없었다. 사실상 그러한 감정이 아니었을 수도 있다. 가쿠지로는 그저 매일 아침 번잡스러운 집을 벗어나 목마관에 출근해서 오후유의 얼굴을 잠시 보면 희한하게 기분이 후련해지고, 말을 섞기라도 하면 마치 청년 시절로 돌아간 듯 가슴이 뛰고 나이에 맞지 않게 소심해졌다. 그래서 더 기뻤다. 어쩌다 오후유가 결근이라도 하면 아무리 열심히 나팔을 불어도 뭔가 기가 빠진 느낌이 들고, 활기로 가득했던 목마관이 이상하게 으스스하고 외롭게 느껴지곤 했다.

따져보면 볼품없고 가난한 아가씨인 오후유를 특별하게 생각하게 된 까닭은 자신의 나이를 생각했을 때 오히려 그 볼품없는 부분이 더 편안하고 걸맞다고 느꼈기 때문이었다. 또 한 가지 이유는 우연히도 가쿠지로와 오후유의 집이 같은 방향이라 근무를 마치고 돌아갈 때 항상 함께 돌아가면서 이야기를 나눌 기회가 많았고, 오후유도 그를 편하게 대했기에 가쿠지로 역시 어린 친구와 친하게 지내는 것을 자연스럽게 느껴도 문제가 없었기 때문이었다.

"그럼 내일 뵈어요!"

어느 사거리에서 헤어질 때면 오후유는 항상 살짝 고개를 숙이고 귀여운 말투로 인사를 했다.

"어어, 그래. 내일 보자."

그러면 가쿠지로도 조금은 어려진 기분으로 안녕, 잘 가, 인사했다. 빈 도시락통이 달그락거리는 소리를 내며 손을 흔들어 인사했다. 그리고 오후유의 뒷모습을, 절대 아름답지 않고 오히려 지나치게 초라해 보이기까지 했지만, 바라보고 바라보다가 희미하고 달콤한 기분에 휩싸이곤 했다.

오후유도 가쿠지로와 다름없이 가난하다는 사실은 오후유가 목마관에서 퇴근하면서 푸른색 유니폼

을 벗고 갈아입는 옷만 봐도 충분히 상상할 수 있었
다. 퇴근길에 노점 앞을 지나갈 때 오후유가 눈을 빛
내며 너무나도 갖고 싶다는 듯 쳐다보는 장신구 종
류를 봐도, 길을 지나가는 동네 아가씨들의 옷차림
을 보고 "저거 너무 예쁘다" 하며 부러워하는 말만
들어도 가엾은 오후유의 처지를 바로 알 수 있었다.

그래서 가쿠지로는 지갑이 가벼웠음에도 불구하
고 오후유의 환심을 사는 일은 어느 정도까지는 그
다지 어렵지 않았다. 꽃 모양 머리 장식 하나, 팥죽
한 그릇, 그 정도로도 오후유는 충분히 그를 위해
가련한 미소를 보여주었다.

"에휴, 이제 이런 건 못 쓰겠죠?" 어느 날 오후유
는 어깨에 걸치고 있던 유행 지난 숄을 손끝으로 만
지작거리며 말했다. 물론 그때가 추워지기 시작한
시기이기는 했다. "재작년에 산 것이거든요. 너무
초라해요. 전 저런 거 살 거예요. 어때요? 저거 예쁘
죠? 저게 올해 유행이거든요." 오후유는 어느 양품
점 진열장 안에 걸린 멋진 숄이 아니라, 처마 밑에
걸린 저렴한 숄을 가리키며 "아아, 빨리 월급날이

왔으면 좋겠다" 하고 한숨을 내쉬었다.

그렇군, 이게 올해 유행이구나. 가쿠지로는 처음 알았다. 오후유는 얼마나 저게 갖고 싶겠어. 비싸지 않다면 지갑을 털어서라도 사주고 싶었다. 그러면 오후유는 어떤 표정을 짓고 기뻐할까? 처마 밑으로 가서 가격표를 보니, 칠 엔 몇 십 전이었다. 가쿠지로가 도저히 감당할 수 없는 가격이었다. 동시에 자신의 열두 살 난 딸이 떠올랐다. 새삼스레 이 세상이 너무 처연하게 느껴졌다.

그즈음부터 오후유는 숄 이야기를 하지 않는 날이 없을 정도로 그 숄을 자기 손에 넣기를, 즉 월급날을 기다리고 기다렸다. 그랬지만 막상 월급날이 와서 이십 엔 정도가 담긴 봉투를 들고 집에 가는 길에도 숄을 사지 않았다. 오후유는 일단 월급을 전부 어머니에게 줘야 하는 모양인지, 매일 가던 사거리까지 가서 가쿠지로와 헤어졌다. 그날 이후부터 오늘은 새로운 숄을 두르고 오려나, 내일은 걸치고 오려나, 가쿠지로까지도 마치 자기 일인 양 기다렸지만, 전혀 그럴 기색이 보이지 않았다. 이윽고 보름 정도 지나자 어찌 된 영문인지 오후유는 그 후로 다시는 숄 이야기를 꺼내지 않았다. 완전히 포기한 사람처럼 재작년에 샀다는 유행 지난 숄을 걸치고도 다소곳한 미소를 잃는 법 없이 목마관에 꾸준히 출근했다.

그 가련한 모습을 보면 가쿠지로는 본인의 가난에 대해서는 느껴본 적 없었던 일종의 분노를 느낄 수밖에 없었다. 고작 칠 엔 몇 십 전의 돈 따위! 하지만 그것이 가쿠지로에게도 적은 돈이 아니라는 것을 생각하면 더 언짢아질 뿐이었다.

"왜 이렇게 크게 불어요?"

가쿠지로 옆에 자리한 젊은 북 연주자가 실실 웃으며 그의 얼굴을 쳐다볼 정도로 가쿠지로는 무지막지하게 나팔을 불었다. '될 대로 되라지!' 하는 마음이었다. 평소라면 클라리넷 소리에 맞춰 클라리넷이 장단을 바꿀 때까지는 맞추어 음악을 연주했는데, 그 규칙을 깨버리고 그의 나팔이 쭉쭉 선율을 바꿔나갔다.

"금비라金毘羅의 배들이 순풍을 타고 돛을 달고 수레처럼 슉슉슉······."

가쿠지로는 고개를 이리저리 흔들며 나팔을 불어 댔다.

"저놈이 오늘 왜 저래?"

다른 악단 동료 세 명이 동시에 눈을 마주 보고 늙은 나팔 연주자의 이상한 모습을 미심쩍게 생각할 정도였다.

그것은 비단 슐 하나의 문제가 아니었다. 평소에 품었던 모든 분노, 즉 신경질적인 아내와 도움이 되지 않는 아이들, 가난, 노후에 대한 불안감, 이제는 돌아갈 수 없는 청춘, 그러한 것들이 '금비라의 배'를 노래하는 민요 선율을 빌려 나팔 소리를 더욱더 크게 만들었다.

그날 밤도 공원을 어슬렁거리는 젊은이들이 "목마관 나팔이 미친 듯이 울려대는 걸 보니 나팔 아저씨가 뭔가 좋은 일이라도 있나봐" 하고 웃음거리로 삼는 동안에도 그러한 이유로 가쿠지로는 자신과 오후유의 한탄을 담아, 아니, 그것뿐만이 아니라 이 세상의 모든 한탄을 있는 대로 긁어모아 나팔에 실어 공원 구석구석으로 퍼져나가라는 듯이 불어댔다.

무신경한 목마들은 변함없이 시곗바늘처럼 가쿠지로와 악단을 회전축 삼아서 끊임없이 돌아간다. 목마에 탄 손님들도 회전목마를 둘러싼 구경꾼들도 모두 가슴 깊은 곳에는 수없이 많은 노고를 숨기고 있을까? 하지만 겉으로는 너무나도 즐거운 모습으로 목마와 함께 고개를 흔들고 악단의 선율에 맞춰 발을 구르며 "바람과 파도에 실려……" 잠시나마 세상의 풍파를 털어낸 모습이다.

하지만 그날 밤은 평소와 다를 바 없는 어린아이와 주정뱅이들의 동화 나라에, 아니, 나이 먹은 나팔 연주자 가쿠지로의 마음에 조그마한 풍파를 가져오는 일이 있었다.

공원이 가장 붐비는 시간, 밤 여덟 시에서 아홉 시 사이였던 것 같다. 목마를 둘러싼 구경꾼들이 조금 과장해서 말하자면 검은 산을 이루었다. 그날따라 살짝 취한 공장 근무자들이 목마 위에서 재미난 동작을 보여줘서 구경꾼들 사이에서 폭발적으로 웃음이 터져 나왔다. 그 웃음소리를 뚫고 절대 취하지 않은 것 같은 젊은이 한 명이 마침 멈춰 있던 회전 목마 위로 톡 튀어 올라탔다.

젊은이의 얼굴이 조금 창백했고 행동이 위태로워 보였지만, 그 소란스러운 틈에서는 누구 하나 눈치 채는 사람이 없었다. 오로지 한 사람, 무대 위의 가쿠지로만큼은 젊은이가 올라탄 목마가 마침 자신의 눈앞에 있기도 했고, 젊은이가 올라타자마자 기다렸다는 듯이 오후유가 그리 달려가서 표를 끊었기에, 즉 조금은 질투하며 젊은이의 일거수일투족을 나팔을 불면서도 시야가 닿는 데까지, 말하자면 거의 감시하고 있었다. 그런데 무슨 이유인지 표를 끊었으면 더는 볼일이 없을 텐데도 오후유가 젊은이 옆에서 떠나지 않고 바로 앞에 있던 자동차 등받이 부분에 손을 걸치고 뭔가 의미심장하게 몸을 비비 꼬며 가만히 바라보고 있는 모습이 가쿠지로의 눈에 들어왔다.

하지만 가쿠지로의 감시는 결코 쓸데없는 것이 아니었다. 목마가 두 바퀴를 돌기도 전에 목마 위에서 이상한 자세, 즉 한쪽 손을 품속에 넣고 있던 젊은이가 그 손을 슬쩍 빼더니 천연덕스러운 얼굴로 시선은 다른 곳을 보면서 앞에 서 있던 오후유의 옷의 엉덩이 쪽 주머니에 뭔가 하얀 것을 집어넣었기 때문이다. 가쿠지로의 눈에는 분명 봉투로 보였는데, 젊은이는 봉투를 재빠르게 밀어 넣고 원래의 자세로 돌아온 뒤 안도의 한숨을 내쉬는 것 같았다.

'러브레터인가?'

숨을 깊게 들이마시고 잠시 나팔을 쉬면서 가쿠지로의 시선은 오후유의 엉덩이 쪽 주머니에 쭉 고정되어 있었다. 봉투로 보이는 모서리가 튀어나와 마치 실밥처럼 보였다. 만일 그가 예전처럼 이성적이었더라면 얼굴은 깔끔한데 이상하게 산만해 보이는 젊은이의 눈빛과 안절부절못하는 모습, 평소에 근방을 자주 순찰하던 사복형사들이 구경꾼들 속에 섞여 젊은이를 의미심장하게 노려보는 모습 등을 눈치챘을지도 모르지만, 가쿠지로의 마음은 조금 다른 것으로 가득했기 때문에 그런 상황을 파악할 여유가 없었다. 그저 질투심과 형언할 수 없는 외로움으로 가득했다. 젊은이는 그냥 형사의 눈을 속이고자 아무렇지 않게 옆에 있는 오후유에게 말을 걸기도 하고 나중에는 짓궂은 장난을 걸기도 한 것인데, 가쿠지로는 그냥 화가 나고 슬펐다. 심지어 오후유는 뭐가 그리 신나는지 아주 즐겁게 장난을 다 받아주고 있었다. 아아, 나는 어디 봐줄 만한 곳이 있다고 저런 수치도 모르는 가난한 소녀와 친해진 것일까? 멍청이, 바보, 너는 저런 가당치도 않은 녀석에게 가능하다면 칠 엔 몇 십 전이나 하는 숄을 사주려고까지 했는데. 에라, 이놈이고 저놈이고 다 망해버려라!

"붉은 석양빛 아래 친구는 들판의 바위 아래……."

가쿠지로의 나팔은 점점 기세 좋게, 점점 쾌활하게 울려 퍼졌다.

잠시 후 고개를 돌려보니 그 젊은이는 어디로 사라졌는지 그림자도 보이지 않았고, 오후유는 바깥에 있는 손님들 옆에서 언제나처럼 자신의 업무인 표 끊기에 열중해 있었다. 엉덩이 쪽 주머니에는 역시나 실밥처럼 봉투 끝이 삐져나와 있었다. 오후유는 러브레터를 받은 것을 전혀 모르는 모양이다. 그것을 보니 가쿠지로는 미련스럽게도 다시 오후유의 순수함이 귀엽게 느껴졌다. 멋진 젊은이와 경쟁해서 이겨보겠다는 자신감 따위는 조금도 없지만, 가능하다면 적어도 하루 이틀이라도 더 오후유와의 관계를 지금까지처럼 순수하게 유지하고 싶었다.

만약 오후유가 러브레터를 읽는다면? 편지에는 분명 간지러운 고백의 말들이 가득하겠지. 아직 세상의 때가 묻지 않은 오후유는 아마 태어나서 처음 러브레터를 받아보는 것일 테고, 게다가 상대가 아까 그 젊은이라고 한다면(이곳엔 젊은 손님 따위 별로 오지도 않고, 거의 어린아이와 여성들만 가득하므로 러브레터를 준 사람이 누군지는 금방 알 것이다) 얼마나 가슴을 쿵쾅거리며 얼굴을 붉히고 달콤한 기분에 빠져들까? 그리고 분명 너무 생각을 깊이 하다가 가쿠지로와도 예전처럼 대화를 나누지 않게 될 것이다. 아아, 차라리 틈을 봐서 오후유가 저 러브레터를 읽기 전에 슬쩍 주머니에서 빼내서 찢어버릴까? 물론 그런 얄팍한 방법으로 젊은 남녀 사이를 갈라놓지는 못하겠지만, 그래도 오늘 밤만이라도 마지막으로 예전처럼 순수한 오후유와 이야기를 나눠두고 싶었다.

이윽고 열 시 정도가 되었을까. 상영하는 공연이 끝나고 한바탕 활동관 앞으로 사람들이 시끌벅적하게 지나가자 일시적으로 고요해져서 공원을 본거지로 활동하는 불량배들 말고는 구경꾼도 대부분 돌아갔고, 손님도 두세 명 왔다가 뚝 끊겼다. 그러자 활동관 직원들도 귀가를 서둘렀고, 그중에는 퇴근을 준비하며 손을 씻으러 조용히 임시 건물 안의 세면장으로 들어가는 사람도 있었다. 가쿠지로도 손님이 없는 틈에 악단 무대에서 내려왔다. 딱히 손을 씻을 생각은 없었지만, 오후유의 모습이 보이지 않았기에 혹시 세면장에 있나, 하고 임시 건물 안에 들어가봤다. 우연히도 마침 오후유가 세면대 앞에서 열심히 얼굴을 씻고 있었다. 통통한 엉덩이 쪽 주머니에 조금 전에 받은 러브레터가 반쯤 삐져나와 당장에라도 떨어질 것 같았다. 가쿠지로는 처음

부터 그럴 생각으로 온 것은 아니었지만, 그것을 보
자 빼내야겠다 싶었다.

"오후유, 벌써 퇴근 준비하는 거야?"

하고 말하며 자연스럽게 오후유의 뒤편으로 다가
가 재빨리 봉투를 빼내어 자신의 주머니에 집어넣
었다.

"어머, 깜짝이야! 아, 아저씨셨군요. 누군가 했어
요."

오후유는 가쿠지로가 희롱이라도 했다고 생각했
는지 조심스레 엉덩이를 만지며 젖은 얼굴로 돌아
보았다.

"천천히 준비하고 나와."

그렇게 말하고 가쿠지로는 임시 건물에서 나와
옆에 있는 기계장 구석에 숨어서 꺼내온 봉투를 열
어보았다. 그러나 주머니에서 그 봉투를 꺼낼 때 이
미 눈치챈 것이지만, 편지라고 하기에는 무게감이
달랐다. 서둘러 봉투 바깥을 살펴봤는데, 이상하게
도 받는 사람 이름이 오후유가 아니라 한자로 써서
읽기 어려운 남자의 이름이었다. 뒷면을 보니 이것

은 도저히 러브레터라고 생각할 수 없었다. 활판인쇄로 어느 회사의 이름과 주소, 전화번호까지 세세하게 인쇄되어 있던 것이다. 그리고 그 안에는 빳빳한 십 엔짜리 지폐가…… 떨리는 손끝으로 세어보니 정확히 열 장 들어 있었다. 이것은 바로 누군가의 월급봉투였던 것이다.

순간 꿈이라도 꾸었거나, 엄청난 실수를 저지른 듯한 느낌이 들었다. 너무 당황스러웠지만, 다시 생각하다가 그저 러브레터인 줄만 알았던 자신의 착각으로 인해 조금 전 젊은이가 누군가의 봉투를 슬쩍했다가 경찰의 눈에 띄어 도망칠 곳을 찾았고, 아무 일도 없었던 척 목마를 타서 눈을 속이려 했는데 영 불안한 마음에 훔친 월급봉투를 마침 눈앞에 있던 오후유의 주머니에 슬쩍 넣은 것이 틀림없다는 결론에 이르렀다.

그리고 나니 가쿠지로는 복권이라도 당첨된 듯한 기분이 들었다. 이름이 쓰여 있으니 이 봉투의 주인이 누군지는 알 수 있지만, 어차피 당사자는 포기했을 것이 분명하고 소매치기도 본인이 위태로워질 테니 설마 그 봉투가 자신의 것이라고 내놓으라 쳐들어오지는 않을 것이다. 만일 온다고 한들 모른다고 잡아떼면 아무런 증거도 없으니 어쩔 수 없을 것이다. 게다가 당사자인 오후유는 실제로 아무것도 모른다. 결국 흐지부지 끝날 것이 뻔하다. 그러니 이 돈은 내가 자유롭게 써도 되는 것이다!

하지만 하늘이 알고 땅이 아는 일이다. 그럴싸한 변명을 동원하더라도 결국은 남의 돈을 가로챈 것이다. 하늘은 다 알고 계신다. 아무도 모르고 끝나진 않을 것이다. 하지만 너는 그렇게 정직하게 벌벌 떨면서 살아온 탓에 오늘날까지 이 비참한 생활을 지속했지. 하늘이 내려주신 이 귀한 돈을 쉽게 버릴 수는 없다. 천벌을 받게 될지 말지는 둘째 치고 이만큼의 돈이 있다면 저 가엾고 애처로운 오후유를 위해 원하는 것은 다 사줄 수 있다. 전에 진열장에 걸려 있던 비싼 숄은 물론이고, 저 아이가 좋아하는 적갈색 장식용 깃과 머리핀, 그리고 허리띠도! 조금 검소하게 쓴다면 옷부터 장신구까지 제대로 된 한 벌을 다 갖출 수 있다.

오후유가 기뻐하는 얼굴을 보고 진심이 담긴 감사 인사를 받고, 같이 밥이라도 먹을 수 있다면…… 아아, 지금 나는 그냥 결심만 하면 그 모든 것을 쉽게 해낼 수 있다. 아아, 어쩌지, 어쩌지?

가쿠지로는 월급봉투를 가슴 주머니 깊은 곳에 넣고 주변을 두리번거리며 갈팡질팡하고 있었다.

"어머, 아저씨. 이런 곳에서 왜 그렇게 왔다 갔다 하고 계세요?"

아무리 싸구려 화장품을 썼다고 한들, 잘 발라지지 않아서 얼굴이 군데군데 얼룩졌다고 한들 오후유가 화장을 마치고 세면장에서 나오는 모습을 보니, 그리고 가쿠지로의 가슴을 들썩이게 하는 목소리를 들으니 갑자기 기분이 이상해지더니 마치 꿈에서처럼 그는 말도 안 되는 소리를 지껄이기 시작했다.

"어어, 오후유. 오늘은 집에 가는 길에 그 숄을 사주마. 내가 마침 그 정도 돈이 모였거든. 놀랐지?"

사실은 그 누구에게도 들리지 않을 만큼 작은 목소리였지만, 말을 뱉은 순간 가쿠지로 본인은 너무 놀라서 입을 틀어막고 싶은 기분이었다.

"어머, 진짜요? 정말 고마워요!"

다른 여자아이들 같았으면 뭔가 상투적인 말이라도 섞어가며 안 믿는 모습을 보였겠지만, 불쌍한 오후유는 말을 있는 그대로 받아들이고 진심으로 기쁜, 조금은 부끄러운 듯한 모습이었다. 허리를 조금 숙여 인사를 할 정도였다. 이렇게 되면 가쿠지로도 돌이킬 수 없는 노릇이다.

"그럼. 다 끝나면 늘 지나가는 그 가게에 가자. 갖고 싶은 걸 사주마."

가쿠지로도 들뜬 마음으로 감행하기는 했지만, 한편으로는 '이것이 지금 나이를 먹을 대로 먹은 늙은이가 열여덟 살 아가씨에게 푹 빠져서 할 짓인가' 생각하면 어딘가로 사라져버리고 싶을 만큼 창피했다. 일단 저지르고 나니 뭐라 말로 할 수 없을 만큼 속이 울렁거리고 덧없으며 적적한, 이상한 기분에 사로잡혔다. 또 한편으로는 그 창피한 쾌락을 심지어 본인의 돈도 아니고 훔쳐낸 더러운 돈으로 얻으려 한다는 한심함과 비참함이 참을 수 없을 정도의 죄책감으로 이어졌고, 오후유의 사랑스러운 모습 너머로 보이는 아내의 신경질 난 얼굴, 열두 살 난 첫째부터 세 아이의 그림자, 그런 것들이 머릿속에서 무한한 소용돌이를 그려댔다. 더 이상 어떠한 판단을 내릴 기력도 없었다. 난 이제 모르겠다, 될 대로 되라는 듯 가쿠지로는 갑자기 크게 소리쳤다.

"기계실 선생님! 신나게 목마 한 번만 돌려주십시오! 이놈들을 한번 타보고 싶어졌소. 오후유, 너도 괜찮다면 타렴. 거기 아주머니, 아, 미안합니다. 오우메 씨도 타세요. 악단 여러분. 한 번만 나팔 없이 연주해주시겠소?"

"미쳤어? 왜 이래? 그냥 빨리 정리하고 갑시다!"

오우메라는 이름의 나이든 검표원이 무뚝뚝한 얼굴로 대답했다.

"아니, 오늘 내가 조금 기분 좋은 일이 있단 말이오. 응? 여러분, 내가 나중에 한 잔씩 살 테니까, 한 번만 돌려주시오!"

"하하하, 좋아요. 아저씨, 한 바퀴 돌려주세요. 감독님, 피리 부탁해요."

북 연주자가 신나서 소리쳤다.

"나팔 아저씨 오늘 진짜 좀 이상하구먼. 알겠어, 대신 조용히 타요."

감독이 쓴웃음을 지었다.

그렇게 결국 목마는 돌아가기 시작했다.

"자, 한 바퀴 돌고, 그리고 오늘은 내가 쏘겠소. 오후유도, 오우메 씨도, 감독님도 목마에 타시지 요!"

술에 취한 듯한 가쿠지로의 앞에서 그의 배경에 자리한 산과 강과 바다, 풀과 나무, 서양 건물의 커다란 그림자 등등이 기차 창문에 비치는 것처럼 뒤쪽으로 흘러갔다.

"만세!!!"

가쿠지로는 흥을 견디다 못해 목마 위에서 두 손을 위로 들고 만세를 외쳐댔다. 악단에는 나팔이 없어 조금 허전한 느낌이었지만 나름 조화롭게 연주가 울려 퍼졌다.

"여기는 내 고향 몇 백 리 떠나온 멀고 먼 만주의……"

덜컹덜컹, 쿵, 덜컹덜컹, 쿵, 회전목마는 돌아간다.

도난

1925

盜難

재미있는 이야기가 있어요. 제 경험담인데요. 이 이야기를 잘 구성하면 당신이 쓰는 추리 소설의 소재가 될 법도 하거든요. 들어보실래요? 오호, 그렇게 바라실 줄은 몰랐네. 제가 워낙 말을 못해서 피곤하실 수도 있지만, 잘 이야기해보도록 하죠.

이건 진짜 실화입니다. 미리 이런 말을 하는 이유는, 이 이야기를 지금까지 여러 번 주변 사람들한테 들려준 적이 있는데, 끼워 맞춘 듯이 재미있다 보니 다들 소설책에서 가져온 내용 아니냐면서 안 믿더라고요. 하지만 정말 맹세코 거짓 없는 실화라는 걸 알아주세요.

지금은 제가 이런 허접한 일을 하고 살지만, 이래 보여도 3년 전까지는 종교와 관련된 일을 했던 남자입니다. 이렇게 말하면 좀 대단하게 들리지만, 사실은 시시한 일이기는 했습니다. 그다지 자랑할 만한 종교도 아니었는데, XX교라고 해서 아마 잘 모

르시겠지만, 천리교나 금광교°의 친척 같은 거라고
보면 됩니다. 물론 종파 사람에게 물어보면 여러 가
지로 어마어마한 철학이 있겠지만요.

본산? 이라고 할 만큼 엄청난 것은 아니지만, 그
종파의 기원이 XX현에 있는데요, 대체로 종교의 지
부라는 건 그 지방에서 제법 큰 마을에 있는 법이잖
습니까? 제가 있었던 곳은 그중 N시의 지부였습니
다. N시 지부는 수많은 지부 중에서도 제법 세력이
괜찮은 곳이었거든요. 왜냐하면 주임, 종파에서 장
황한 직책을 붙여주긴 하는데, 실질적으로는 주임
이죠. 그 사람이 저랑 동향 사람이라 오래 알고 지
냈는데, 그 사람이 엄청난 실력자였어요. 실력이 있
다는 건 결코 종교적으로 깨달음을 얻거나 그런 것
이 아니라 상술을 타고났다고 표현하면 맞으려나?
종교에 상술이 뛰어나다니 조금 이상하지만, 신자
를 늘리거나 기부금을 모집하거나 하는 실력이 제
법 훌륭했지요.

지금 말한 것처럼 그 주임이 저랑 고향이 같다는

○   모두 에도시대 말기에 일어난 신흥 종교

인연으로 그게 몇 년 전이지? 음, 제가 스물일곱 되던 해였으니까, 아아, 딱 지금으로부터 7년 전이네요. 그 사람 집으로 이사를 했어요. 제가 작은 실수를 저질렀다가 직장을 잃는 바람에 방법이 없었습니다. 임시방편으로, 말하자면 얹혀살게 된 거죠. 그런데 거기서 발을 못 빼고 빈둥거리다가 점점 그 종파에 익숙해지니까 자연스레 여러 가지 일을 돕게 되고, 그런 식으로 결국엔 그 교회의 잡무 담당자로 정착하게 된 것이었습니다. 그렇게 햇수로 5년이나 있었네요.

물론 제가 신자가 된 것은 아닙니다. 원래 신앙심이라는 게 빈약하기도 하고, 내막을 알아버렸거든요. 엄숙한 얼굴로 설교하는 주임이 뒤돌아서면 술마시지, 여자에 미쳐 있지, 매일 부부 싸움이나 하고 있지, 그런 꼴을 보고 있자면 신앙심이 생길 수가 없습니다. 수완이 좋다는 말을 듣는 사람들이 대부분 그렇기는 하지만, 주임이 그런 사람이었습니다.

그런데 신자들도 보면 말입니다, 그런 종파의 신자들이 또 독특해요. 광기가 흐르는 사람이 많아요.

일반적인 교회는 어떤 느낌인지 모르겠지만, 기부할 때도 돈을 상당히 씁니다. 전혀 아까워하지 않고 잘도 저런 큰돈을 내는구나, 저같이 신앙이 없는 사람이 보면 희한할 정도예요. 그래서 주임의 일상생활은 아주 사치스러웠지요. 신자들에게 뜯어낸 돈으로 투기에 손을 댈 정도였거든요. 저는 원체 쉽게 질리는 성격이라서 지금까지 똑같은 일을 2년 이상 지속한 적이 없는데, 그런 제가 교회에 5년이나 참고 다닌 이유는 그런 식으로 저에게도 자연스레 들어오는 돈이 많아서 편했기 때문입니다. 그러면 왜 그렇게 좋은 일을 그만뒀는지, 그게 본론입니다.

그 교회의 설교당은 이미 십수 년 전에 지어진 건물이었는데, 제가 그곳에 갔을 때부터 많이 낡고 더러웠습니다. 게다가 주임이 바뀌고 나서 갑자기 신자가 늘어났기 때문에 상당히 좁았지요. 그래서 주임은 설교당을 증축해서 더 넓게 만들고 낡은 부분을 보수하려고 했습니다. 하지만 딱히 모아둔 돈이 있지도 않고, 본부에 이야기하면 조금은 보조해주겠지만 증축 비용 전부를 내줄 리는 없었죠. 결국 신자들의 기부금을 모집하는 것밖에 방법이 없었습니다. 어차피 증축하는 것이니 비용이라고 해도 만엔 조금 안 되는 수준이면 되겠지만, 시골 지부에서 그 정도 기부금을 모은다는 것은 아주 힘든 일입니다. 만일 주임에게 아까 말한 것 같은 상술이 없었다면 원활하게 진행되지는 않았을 겁니다.

그런데 주임이 기부금을 모으는 수법이 아주 재미있었어요. 뭐, 이쯤 되면 사기나 다름없지만요. 먼저 신자 중 가장 재력가, N시에서도 제일가는 장사꾼 영감님이 있는데요, 그 노인에게 아무개 신이 꿈에 나와서 계시를 내렸다고 하면서 뭐 대단한 것처럼 잘 구워삶아서 대표 기부자로 삼천 엔을 내게 한 겁니다. 그런 방면으로는 정말 수완이 좋아요. 그리고 그 삼천 엔이 미끼가 되는 겁니다. 주임은 그 돈을 현금 그대로 교회에 있는 소형 금고에 넣어두고 신자들이 올 때마다,

"아주 훌륭하신 일이죠. 누구누구 님은 지금 보시는 것처럼 거액을 기부하셨습니다" 하면서 은근슬쩍 보여주고, 동시에 아까 말한 그럴싸한 꿈의 계시

이야기를 활용하죠. 이러니 사람들이 거절도 못하고 제 몫의 기부를 합니다. 그중에는 살뜰하게 모았던 저금을 깨서 신앙심을 보여주는 사람도 있었고 점점 기부금은 늘어만 갔지요. 생각해보면 그렇게 편한 장사가 없어요. 한 열흘 만에 오천 엔이나 모였거든요. 그 기세로 가면 한 달도 안 되어 목표 금액은 문제없이 모을 수 있을 거라고 주임은 아주 기뻐했습니다.

그런데 문제가 생겼습니다. 어느 날 주임 앞으로 아주 이상한 편지가 날아들었습니다. 당신이 쓰는 추리 소설이라면 전혀 희한할 일도 없겠지만, 실제로 그런 편지가 오면 조금 놀랄 수 있어요. 편지에 '오늘 밤 열두 시 정각에 당신의 수중에 있는 기부금을 받으러 가겠다. 준비해둬라'라고 쓰여 있었습니다. 웬 별종이 다 있지, 도둑질을 예고한 겁니다. 재밌죠? 잘 생각해보면 말도 안 되는 소리인데, 그 당시 저는 얼굴이 창백해졌습니다. 지금 이야기한 것처럼 기부금은 전부 현금으로 금고에 들어 있었고 그것을 수많은 신자에게 보여줬으니, 지금 교회에 거액이 있다는 사실이 일부 사람들에게 알려진 것이었죠. 어찌어찌하다가 나쁜 사람들 귀에 흘러 들어갔을 수도 있죠. 그러니 도둑이 들어도 이상할 것은 없지만, 그것을 시간까지 예고하는 건 아무리 생각해도 이상했습니다.

주임은 "에이, 뭐야, 누가 장난친 거지" 하고 대수롭지 않게 생각하더군요. 그래, 장난이 아니면 굳이 도둑질에 대비하라고 편지까지 보내는 도둑이 있을 리 없지요. 하지만 말입니다. 이치야 당연히 그렇지만 저는 아무래도 걱정이 되어 견딜 수가 없더군요. 대비하는 것보다 더 좋은 방법은 없지요. 잠깐만 이 돈을 은행에 맡기면 어떻겠냐고 주임에게 권유해봤지만, 전혀 소용없었습니다. 그러면 최소한 경찰한테 연락만 하자고 겨우겨우 주임을 설득해서 제가 경찰서에 가기로 했습니다.

정오가 지났을 때 준비를 마치고 바깥으로 나가 경찰서 쪽으로 모퉁이 하나 정도 걸어갔는데, 마침 그때 나흘 전쯤에 호적을 조사하러 와서 얼굴을 본 기억이 있는 경찰이 터벅터벅 걸어오고 있었습니다. 마침 잘됐다 싶어서 그를 붙잡고 실은 이러이러한 일이 있다고 자초지종을 설명했습니다. 수염 난 얼굴이 아주 강인해 보이는 무사 분위기의 경찰이었는데요, 제 이야기를 듣자마자 갑자기 웃음을 터뜨리는 겁니다.

"이보세요, 세상에 그런 얼빠진 도둑이 어디 있답니까? 와하하하하! 완전 속은 거죠, 완전히."

얼굴은 무섭게 생겼지만, 상당히 속 편한 남자더군요.

"그래도 우리 입장에서는 뭔가 찝찝하단 말입니다. 만에 하나를 대비해서 일단 조사를 해주실 수 없을까요?"

제가 간곡히 말하자,

"그러면 마침 오늘 밤은 제가 그 주변을 순찰할 예정이니까 그때 한번 들러보지요. 물론 도둑이 올 리는 없겠지만, 뭐 순찰하는 김에 한번 들르겠습니다. 차라도 한 잔 내어주십시오. 하하하!"

제 말을 완전히 농담으로 생각하더군요. 뭐, 그래도 일단 와준다니까 저도 마음이 놓였습니다. 절대

잊으면 안 된다고 몇 번을 확인하고 교회로 돌아왔습니다.

드디어 도둑이 예고한 시간이 다가왔습니다. 평소였다면 밤 설교가 없는 한 아홉 시에 잠이 들 테지만 그날 밤은 신경이 쓰여서 잘 수가 없었죠. 경찰과의 약속도 있었으니 차와 과자를 준비해서 교회 안쪽 방에서—신자 응접실이었습니다—책상 앞에 앉아 가만히 열두 시가 되기를 기다렸습니다. 희한하게도 금고에서 눈을 뗄 수 없을 것만 같았습니다. 이렇게 보고 있는데 안에 들어 있는 돈만 스윽 사라지는 일은 없겠지, 이런 생각을 하면서요.

그래도 조금 걱정이 되었는지 주임도 이따금 이 방으로 와서 저에게 말을 걸기도 했습니다. 뭔가 말도 안 되게 긴 밤처럼 느껴졌습니다. 이윽고 열두 시가 다 되어오자 감사하게도 약속을 어기지 않고 낮에 만난 경찰이 찾아와주었습니다. 빨리 안쪽으로 들어오게 하여 금고 앞에서 주임과 경찰까지 셋이 둘러앉아 차를 마시며 감시하기로 했습니다. 아니, 감시할 생각이었던 건 아마 저뿐이었던 것 같습니다. 주임과 경찰은 낮에 도착한 편지 따위는 안중에도 없었습니다. 경찰은 논객 기질이 좀 있는지, 주임을 붙잡고 신나게 종교론을 펼쳤습니다. 마치 그렇게 토론하기 위해 온 것만 같은 느낌이었죠. 하긴, 어두운 마을을 뚜벅뚜벅 순찰하는 것보다야 차를 마시며 이야기를 나누는 것이 훨씬 재밌기는 하겠지요. 뭔가 저 혼자 끙끙대며 걱정하고 있는 상황이 멍청하게 느껴졌습니다.

잠시 후에 떠들고 싶은 만큼 떠든 경찰이 갑자기 생각난 것처럼 제 얼굴을 보며 말했습니다.

"아, 벌써 열두 시 반이네요. 그것 보세요, 역시 장난이었죠."

이렇게 되자 저도 약간 민망해졌습니다.

"네, 선생님 덕분에……." 애매한 대답이었지요. 그러자 경찰은 금고 쪽을 보더니,

"저 안에 돈이 들어 있는 건 맞죠?"

이상한 질문을 하더군요. 이 사람이 나를 놀리나 싶어서 조금 신경질이 났습니다.

"그럼 당연히 들어 있죠. 확인이라도 해보시겠습

니까?"

비꼬는 듯한 말투로 받아쳤습니다.

"아니, 들어 있으면 상관없긴 한데요, 혹시 모르니 일단 조사해보는 게 좋지 않을까요? 하하하하하."

경찰도 비꼬는 것 같았습니다. 저는 짜증이 나서 못 참겠더군요.

"자, 그럼 보세요"

하고 금고의 번호판을 돌려서 열고 그 안에 든 돈을 꺼내 보여주었습니다. 그러자 경찰은,

"있네요, 그러면 이제 완전히 안심하신 거죠?"

제가 잘 흉내는 못 내겠지만, 정말 기분 나쁜 말투였어요. 뭐랄까, 어금니에 뭔가를 문 것처럼 의미심장한 웃음까지 보였어요.

"그런데 도둑은 또 다른 수단이 있을 수도 있어. 넌 이렇게 돈이 있으니까 괜찮다고 생각할 수도 있지만, 이건 말이야" 하고 경찰은 금고에 있던 돈다발을 손에 들고,

"이건 이미 도둑의 돈일지도 모른다는 이야기

야."

그 말을 듣자 저는 소름이 돋아 몸이 부르르 떨렸습니다. 정체를 알 수 없는 엄청난 기분이었습니다. 이런 식으로 이야기하면 전혀 모르시겠지만요.

몇 십 초 동안 우리는 말을 잃은 채 가만히 있었습니다. 서로의 눈을 가만히 바라보면서 뭔가를 탐색하고 있었죠.

"와하하하하하하! 알았어? 그럼 이만 실례."

경찰은 갑자기 자리를 떠났습니다. 돈다발은 손에 쥔 채로요. 그리고 반대편 손으로 주머니에서 권총을 꺼내어 신중하게 우리 쪽으로 겨눴습니다. 괘씸하기 짝이 없지요. 그 순간에도 여전히 경찰의 말투를 사용하면서 실례한다는 등 헛소리를 하지 않습니까? 보통내기가 아니었습니다.

물론 주임도 저도 끽소리도 내지 못하고 멍하니 앉아 있었지요. 넋이 나간 상태였습니다. 설마 호적을 조사하러 와서 얼굴을 기억하게 만드는 새로운 수법이 있을 것이라고는 생각도 하지 못했습니다. 완벽히 경찰이라고 믿었거든요.

그 녀석은 그대로 방 바깥으로 나갔고, 바로 도망치는 줄 알았지만 가지 않았습니다. 나간 다음 살짝 열린 장지문 사이로 총구를 우리 쪽으로 조준하고 가만히 서 있었습니다. 오랜 시간 미동도 하지 않았습니다. 어두워서 잘 보이지는 않았지만, 총구 위로 도둑놈의 한쪽 눈동자가 우리를 노려보고 있는 것만 같았습니다. 오, 눈치채셨습니까? 아, 역시 추리 소설을 쓰는 분은 다르군요. 맞습니다. 장지문을 끼우는 문틀에 박힌 못에 가느다란 끈으로 권총을 매달아서 마치 사람이 조준하고 있는 것처럼 꾸며놓은 것이었습니다. 하지만 당시 우리는 그런 생각을 할 여유가 없었죠. 당장에라도 탕탕 쏘면 어쩌지, 하는 두려움으로 가득했으니까요. 잠시 있다가 주임 사모님이 그 권총이 보이는 장지문을 열고 방으로 들어오고서야 겨우 상황을 파악했지요.

아주 우스웠던 건 말입니다, 그 돈을 훔쳐 달아난 경찰, 아니죠, 경찰로 변장한 도둑을 주임 사모님이 현관까지 친절하게 배웅했다는 겁니다. 딱히 큰 소리를 내지도 않았고 소란을 피운 것도 아니었기에 거실에 있던 사모님은 조금도 상황을 몰랐던 것이죠. 그곳을 지나가다가 도둑놈은 "먼저 들어가보겠습니다" 하고 태연하게 인사까지 했다더군요. "어머, 다들 배웅도 안 하고 뭘 하는 거래요?" 하면서 사모님도 조금 이상하게 생각했지만, 아무튼 현관까지 배웅했다더군요. 아주 우습기 짝이 없습니다.

그 후 자고 있던 고용인들까지 다 깨워서 난리를 쳤지만, 도둑놈은 이미 멀리 도망친 다음이었지요. 다들 예상치 못한 일에 놀라 대문까지 달려 나가서 어두컴컴한 동네를 좌우로 둘러보면서 저쪽으로 도망쳤네, 이쪽으로 도망쳤네, 쓸데없는 말싸움이나 하다가 시간을 보내고 말았습니다. 밤이 깊었던 탓에 길 양쪽에 있는 상가도 모두 문을 닫았고 거리는 깜깜했습니다. 집 네다섯 채 중 한 곳 정도의 비율로 드문드문 동그란 등롱이 조용히 빛나고 있었을 뿐입니다. 그때 맞은편 골목에서 갑자기 검은 그림자 하나가 나타나 이쪽으로 다가왔습니다. 경찰로 보이더군요. 저는 그를 보자마자 조금 전 도둑놈이 우리와 맞서 싸우려고 다시 돌아온 줄 알고 깜짝 놀랐습니다. 그리고 저도 몰래 주임의 팔을 붙잡고 조용히 그쪽을 가리켰지요.

하지만 그는 도둑이 아니라 이번에는 정말 경찰이었습니다. 그 경찰은 우리가 야단법석을 피우는 것을 보고 무슨 일인지 알아보러 나온 것이었습니다. 그래서 주임과 제가 마침 잘 오셨다, 우리 이야기 좀 들어달라, 하며 도난당한 이야기를 했습니다. 경찰은 지금부터 쫓아간들 소용없으니 일단 자기가 경찰서에 돌아가서 신속히 비상 태세에 나서도록 연락을 돌리겠다, 가짜 경찰이 맞는 것 같은데 경찰복을 입고 있으면 오히려 사람들 눈에 띄기 쉬우니 괜찮을 것이다, 금방 잡힐 테니 안심하라며 도난 금액과 도둑의 생김새 등을 자세하게 물어보고 수첩에 적더니 서둘러 왔던 길을 되돌아갔습니다. 경찰의 이야기만 듣자면 바로 도둑을 잡고 돈을 찾을 수 있을 것 같았기에 우리도 든든하게 생각하고 일단 마음을 놓았지만, 그렇게 일이 순순히 진행될 리가 없지요.

오늘은 경찰의 연락이 오려나, 내일은 도둑맞은

돈이 돌아오려나, 얼마 동안은 매일같이 그 일에 관해서만 이야기했습니다. 그런데 5일이 지나도, 10일이 지나도 전혀 소식이 없었습니다. 물론 그 사이에 주임이 가끔 경찰서에 가서 상황을 들여다봤지만, 돈이 돌아올 기색은 없었지요.

"경찰은 정말 냉정한 놈들이야. 저런 식으로 해서 도둑을 잡겠어?"

주임은 점점 경찰의 대응에 정이 떨어지는 듯 형사 주임이 건방진 놈이라든가, 얼마 전의 그 경찰은 그렇게 다짐하더니 요즘엔 내 얼굴을 보면 도망가기 바쁘다든가, 여러 가지 불만을 늘어놓기 시작했습니다. 그렇게 보름이 지나고, 한 달이 지났지만 역시나 도둑은 잡히지 않았지요. 신자들도 모여서 소란을 피웠지만, 어차피 그런 종파의 신자들이 모여본들 무슨 일을 하겠습니까? 그럴싸한 혜안이 나올 리가 없지요. 결국은 빼앗긴 것은 어쩔 수 없으니 도둑은 경찰에 맡겨두고 다시 기부금 모집에 착수하게 되었습니다. 주임의 타고난 달변이 엄청난 실력을 발휘하여 결국에는 목표 금액과 가까운 기부금이 모여서 계획대로 증축이 잘 진행되었습니다. 뭐, 그건 이 이야기와 관계없으니 생략하지요.

그 도난 사건 이후 두 달 정도 지난 시점의 이야기로 이어집니다. 저는 개인적인 볼일이 있어서 A시에서 5~6리 떨어진 곳에 있는 Y마을까지 외출한 적이 있습니다. Y마을에는 근방에서 유명한 정토종 사원이 있는데, 마침 제가 갔던 날에 1년에 한 번 있는 성대한 설교가 시작되어서 7일 동안인가? 사원 부근의 동네 일대에서는 한바탕 축제가 열렸더군요. 곡예사며 구원받았다는 사람이며, 천막을 몇 개나 세우고 갖가지 음식과 장난감 노점을 열어 아주 시끌벅적했습니다.

볼일을 마친 저는 딱히 서둘러 돌아갈 필요도 없었습니다. 계절도 화창한 봄날이었기 때문에 활기찬 음악과 사람들의 환성에 이끌려 그 축제의 장으로 들어섰고, 저쪽의 구경거리와 이쪽의 노점상 등을 사람들의 등 너머로 돌아보았습니다.

그걸 뭐라고 하죠? 치통약을 팔던 잡상인 주변에 사람들이 모여 있었던 기억이 납니다. 덩치가 큰 남자가 두꺼운 몽둥이를 휘두르며 뭔가 떠들고 있는 모습이 수많은 머리 틈으로 보였습니다. 그게 너무 재미있어 보여서 저는 군중이 만든 커다란 원 주변을 이쪽저쪽 돌아보며 가장 잘 보일 법한 장소를 찾아다녔습니다. 그런데 구경꾼 틈에서 시골에 은거하는 신사 느낌이 나는 남자 한 명이 홀쩍 뒤를 돌아봤는데, 그를 보고는 깜짝 놀라 저도 모르게 도망칠 뻔했습니다. 왜냐하면 그 남자의 얼굴이 그때 그 도둑의 얼굴과 너무 똑같았기 때문입니다. 다른 점이 있다면 경찰로 변장했을 때는 코 밑부터 턱 아래쪽까지 수염을 길렀었는데 지금은 깨끗이 깎았다는 점일까요. 어쩌면 그건 얼굴형을 감추기 위한 가짜 수염이었을지도 모릅니다. 정말 놀랐습니다.

저는 처음에는 도망치려고 자세를 취했다가 다시 그 남자 쪽을 돌아봤는데, 남자는 딱히 저를 알아보는 것 같지는 않았고 계속 맞은편을 바라보며 원 안쪽에서 들려오는 이야기를 듣고 있었기에, 일단은 마음을 놓고 그 장소를 벗어나 조금 떨어진 어묵 가게 텐트 뒤에서 몰래 그 남자를 주시했습니다.

제 가슴은 이미 뛰고 있었죠. 반은 공포, 반은 도둑을 발견했다는 기쁨 때문이었을 겁니다. 어떻게든 이 녀석의 뒤를 쫓아서 주소를 알아내고, 경찰에 신고한다면, 그리고 만약 도둑맞은 돈이 일부라도 남아 있다면 주임을 비롯한 신자들도 얼마나 기뻐할까요? 그렇게 생각하니 뭔가 제가 드라마 속 인물이 된 듯한 기분이 들면서 이상한 흥분에 사로잡히더군요. 하지만 조금 더 상황을 보고 이 남자가 정말 그때의 도둑이 맞는지 확인할 필요가 있었죠. 잘못 본 것이라면 큰일이니까요.

잠시 기다렸는데, 이윽고 그는 사람들 틈을 벗어나 어슬렁어슬렁 걷기 시작했습니다. 그런데 자세히 보니 일행이 있더군요. 저는 그때까지도 눈치채지 못했는데, 아까부터 그 남자 옆에 서 있던 비슷한 복장의 남자가 친구였던 모양입니다. 아니, 한 사람이든 두 사람이든 뒤를 쫓아가는 건 변함없다 싶어 저는 들키지 않도록 조심하면서 인파 속에서 사오 미터 정도 간격을 두고 그들의 뒤를 쫓아갔습니다. 혹시 경험이 있으신가요? 누군가를 미행한다는 건 매우 어려운 일이더군요. 너무 조심했다가는 놓칠 것 같고, 안 놓치려고 하면 어떻게든 내 몸이 위험에 노출되고 말이죠. 소설에 나오는 것처럼 쉽지 않았어요. 그래서 그들이 두세 골목 지난 지점에서 어느 음식점으로 들어갔을 때는 안도의 한숨을 내쉬었습니다. 그런데 그때, 그들이 음식점으로 들어가려고 했을 때 말입니다, 또 엄청난 것을 발견했습니다. 바로 두 사람 중 도둑이 아닌 남자의 얼굴이 신기하게도 말입니다, 그때 도둑을 잡아주겠다고 했던 또 한 명의 경찰과 똑같았던 겁니다. 아뇨, 잠깐만요. 벌써 다 아시겠다고요? 아무리 당신이 소설가라도 그건 조금 **빠른** 것 같은데요? 아직 이야기가 더 남았거든요. 조금만 더 들어보세요.

그래서 두 사람이 음식점에 들어간 것을 보고 제가 어떻게 했느냐 하면, 만약 이게 소설이라면 그 음식점의 종업원에게 돈을 조금 쥐어주고 두 사람이 있는 옆방으로 안내해달라고 부탁해서 장지문에 귀를 바짝 갖다 붙이고 대화를 엿들었을 겁니다. 하지만 참 우습게도 말이죠, 저는 그때 음식점에 들어

갈 정도의 돈이 없었거든요. 지갑 속에는 돌아가는 기차표와 아마 일 엔 좀 안 되는 돈밖에 없었습니다. 그렇다고 이런 의심만으로 경찰에 신고할 만한 결단도 서지 않았고, 또 그러는 도중에 도망칠 수도 있다는 걱정도 있었기 때문에 수고스럽게도 저는 음식점 앞에서 계속 지키고 서 있었습니다.

기다리면서 여러 가지를 생각해보니, 아무래도 이 사건은 그때 처음에 왔던 경찰이 가짜였던 것과 마찬가지로 나중에 온 경찰도, 그 도둑을 잡아주겠다고 했던 그 사람 말입니다, 그 사람도 가짜라고 보는 게 맞겠죠. 정말 엄청나지 않습니까? 앞에 가짜를 내세웠던 거야 있을 수도 있는 이야기니 신기할 것 없지만, 그 뒤에, 즉 가짜가 나온 뒤에 또 같은 수법으로 가짜를 내세우다니 너무 완벽한 계획이에요. 같은 속임수를 이중으로 준비했을 줄은 생각도 못하니까요. 심지어 상대가 경찰이니까 이번에는 진짜겠지, 누구나가 방심하기 마련이죠. 그렇게 해두면 진짜 경찰이 이 사건을 알게 되는 건 한참 후가 되니까 충분히 멀리 도망칠 수 있었을 겁니다.

그런데 문득 다른 생각이 들었습니다. 만약 저 녀석들이 같은 패거리라고 한다면 조금 앞뒤가 맞지 않는 부분이 있습니다. 맞아요, 바로 그거예요. 교회 주임은 그 이후로도 몇 번이나 경찰서를 드나들었으니 나중에 온 경찰이 가짜였다면 바로 알았을 텝니다. 저는 뭐가 뭔지 끝까지 영문을 알 수가 없었지요.

그렇게 한 시간 정도 기다린 것 같습니다. 두 사람이 벌게진 얼굴로 음식점을 나왔습니다. 저는 물론 그들의 뒤를 쫓았죠. 그들은 번화가를 벗어나 점점 조용한 곳으로 걸어가다가 어느 골목길에서 잠시 멈춰 서서 서로 고개를 끄덕이더니 갈라서더군요. 누구 뒤를 쫓으면 좋을지 망설이다가 결국 돈을 가지고 간, 즉 처음에 발견한 남자를 미행하기로 했습니다. 그놈은 술에 취한 탓에 살짝 비틀거리면서 마을 외곽 쪽으로 걸어갔습니다. 주변은 점점 적막해져서 미행이 상당히 어려워졌습니다. 저는 100미터나 뒤에서 되도록 처마 밑 그늘진 곳을 골라 오들오들 떨면서 쫓아갔습니다. 그렇게 걷다가 어느새 더 이상 민가가 없는 외곽까지 와버렸습니다. 눈앞에는 작은 숲이 있었고 그 안에 뭔가의 사당 같은 것이 있었는데, 마을의 수호신 같은 숲이었던 모양입니다. 그곳으로 남자가 거침없이 들어가더란 말입니다. 저는 무서워지기 시작했죠. 설마 저놈의 은신처가 저 숲속에 있을 리는 없을 텐데. 포기하고 돌아갈까 싶었지만 모처럼 여기까지 미행했는데 이제 와서 멈추기도 아까우니 용기를 내서 조금 더 남자의 뒤를 쫓았습니다. 그런데 숲속으로 한 발 내딛는 순간 말입니다, 저는 깜짝 놀라서 얼떨결에 그 자리에 우뚝 멈춰 서고 말았지요. 줄곧 앞을 향해 걸어가는 줄로만 알았던 남자가 예상치 못하게 커다란 나무 기둥 뒤에서 홀연히 모습을 드러내고 제 눈앞에 서 있지 뭡니까. 그는 비열한 미소를 띠고 제 얼굴을 가만히 바라보았습니다.

저는 그 남자가 당장 달려들 것만 같아 방어 자세를 취했지만, 소름 끼치게도 그 녀석은,

"어어, 오랜만이네?" 하고 마치 친구라도 만난 듯이 제게 말을 걸더군요. 아니, 세상에 저렇게 뻔뻔한

녀석이 다 있다니. 저는 기가 찼지요.

"안 그래도 사례하러 가려고 했어." 그 녀석은 말했습니다.

"그때는 정말 통쾌하게 당했으니 말이야. 자네와 자네 대장에게는 그야말로 크게 한 방 먹었지 뭔가. 돌아가면 인사나 잘 전해줘."

도통 무슨 소린지 알 수가 없었습니다. 제 표정이 매우 이상했던 모양입니다. 그 녀석이 웃음을 터뜨렸거든요.

"뭐야, 설마 자네까지 속은 건가? 대단하군. 그때 내가 훔친 건 다 가짜 돈이었어. 진짜였다면 오천엔이었을 테니 좋은 일 하나 해치울 뻔했는데 완전 실패였지 뭐야. 전부 훌륭하게 만든 가짜 지폐였다고."

"가, 가짜 지폐라니? 그런 말도 안 되는 일이 어디 있어?" 저도 모르게 고함을 쳤습니다.

"하하하. 많이 놀랐나 보군. 증거라도 보여줄까? 자, 여기 한 장, 두 장, 세 장, 삼백 엔이야. 다 나눠주고 이젠 이것밖에 안 남았어. 잘 봐두라고. 감쪽

같지만 완전 가짜 돈이야."

그는 지갑에서 백 엔짜리 지폐를 꺼내어 저에게
건네며 말했습니다.

"자네는 아무것도 모르니까 내 주소를 알아내려
쫓아온 모양인데, 자네하고 자네 대장 말이야, 그
렇게 살면 큰일 나. 신자를 속여서 갈취한 기부금을
가짜 지폐로 바꿔치기하는 놈하고 그걸 훔친 놈하
고 누가 더 죄가 무거운지는 말하지 않아도 알겠지.
얼른 썩 돌아가. 돌아가서 대장에게 안부 인사 전해
줘. 내가 한번 사례하러 가겠다고 말이야."

그렇게 말하고 남자는 바로 반대쪽으로 가버렸
습니다. 저는 백 엔짜리 지폐 세 장을 손에 쥐고 오
랫동안 멍하니 서 있었습니다.

아아, 그랬구나. 이제야 완벽히 앞뒤가 들어맞더
군요. 아까 두 사람이 한패라고 해도 이상하지 않습
니다. 주임이 여러 번 경찰서에 갔던 것도 다 거짓
말이었던 겁니다. 그렇게 하지 않으면 정말 경찰이
오가고, 도둑이 잡히고, 가짜 지폐를 들키는 사달이
났겠지요. 예고 편지가 왔을 때도 별로 놀라지는 않

았을 겁니다. 가짜라면 무서울 리가 없죠. 장사꾼 체질이라고 생각은 했지만, 이렇게 나쁜 쪽으로 움직일 줄은 예상치 못했습니다. 어쩌면 투기에 손을 댔다가 일이 잘 안 풀렸을지도 모르죠. 그래서 어디선가 가짜 지폐를 대량으로 들여와서 ― 중국인에게 부탁하면 정교하게 잘 만들어준다더군요 ― 저나 신자들 앞에서는 잘도 연기했던 거죠. 생각해보면 여러 가지로 마음에 걸리는 일들이 있었습니다. 용케 지금까지 신자들이 경찰에 신고를 안 했구나, 싶더군요. 저는 도둑이 알려줄 때까지 그런 줄은 꿈에도 몰랐던 저의 멍청함에 화가 나서 그날은 집에 돌아가서도 줄곧 기분이 언짢았습니다.

그 후로 뭔가 입장이 애매해지고 말았습니다. 오랫동안 알고 지냈던 주임의 악행을 제가 크게 떠벌릴 수도 없는 노릇이고요. 잠자코 있기는 했지만 어쩐지 맘이 편치 않더군요. 지금까지는 그저 마음이 불편한 정도였는데, 상황을 알고 나니 단 하루도 교회에 더 머물고 싶지 않았습니다. 그 후 얼마 지나지 않아 다른 일을 찾았고 바로 기회를 봐서 나와버렸습니다. 도둑을 뒷바라지하기는 싫었으니까요. 제가 교회를 떠난 것은 그런 이유 때문이었습니다.

하지만 이야기가 아직 끝난 게 아닙니다. 사람들이 제 얘기를 듣고 지어낸 이야기 같다고 하는 건 바로 이 부분인데요. 도둑이 가짜 지폐라고 줬던 그 삼백 엔 말입니다, 이 일을 기억해두려고 계속 지갑 안에 넣고 다녔거든요. 어느 날 제 아내가—이쪽으로 오고 나서 결혼했습니다—그중 하나를 가짜 지폐인 줄도 모르고 월말에 지출할 것이 있어서 써버렸지 뭡니까? 그때가 상여달이라서 저 같은 가난뱅이의 지갑에도 어느 정도 돈이 있었을 테니 아내가 헷갈린 것도 당연합니다. 그런데 세상에, 그게 아무 문제없이 통했다는 거 아니겠어요? 하하하. 어때요? 좀 재미있지 않습니까? 네? 무슨 소리냐고요? 아니, 딱히 그 돈이 가짜인지 아닌지 확인해보지는 않았으니, 이제 와서는 알 도리가 없죠. 제가 갖고 있던 삼백 엔이 가짜가 아니었던 것만큼은 분명한 사실입니다. 남은 이백 엔도 아무 문제없이 아내의 봄옷이 되어 돌아왔지요.

도둑놈들이 그때 사실은 진짜 지폐를 훔쳐놓고서는 제 미행을 따돌리려고 가짜도 아닌 것을 가짜라고 속였는지도 모릅니다. 그렇게 미련 없이 내팽개치면, 심지어 십 엔이나 이십 엔 정도로 어중간한 금액도 아니니 누구든 속을 만하죠. 실제로 저도 도둑이 하는 말을 그대로 믿어버리고 딱히 확인해볼 생각도 안 했으니까요. 하지만 그렇다고 하면 주임을 의심한 건 참 미안한 일입니다. 그리고 또 한 명, 그 도둑을 잡으러 갔던 경찰 말입니다. 그놈은 대체 무엇이었을까요? 가짜였을까요? 제가 주임을 의심하게 된 이유는 그 경찰이 도둑놈과 함께 음식점에 들어갔기 때문인데, 이제 와서 생각해보면 그 남자는 정말 경찰이었다가 나중에 도둑에게 매수당했는지도 모르죠. 또 어쩌면 직무상 표적으로 삼은 남자와 교류하면서 즉, 정탐 업무를 하고 있었던 것인지도 모르고요. 주임의 평소 행실이 워낙 별로였던지라 저도 그만 주임이 나쁜 놈이었다고 단정해버렸지만요.

그것 말고도 여러 가지로 생각해볼 수 있죠. 예

를 들어 도둑놈이 가짜 지폐를 주려다가 깜빡하고 진짜 지폐를 줬을 가능성도 없진 않고요. 아니, 결말이 너무 애매해서 정리가 안 되네요. 하지만 추리소설을 쓰시니까 이 부분을 잘 마무리해서 쓰시면 됩니다. 어떤 결말이든 재밌을 테니까요. 뭐, 아무튼, 저는 도둑이 준 돈으로 아내에게 봄옷을 사줬습니다. 하하하하하!

일본 추리 소설의 거장,
괴기스러움과 인간적 해학의 병존
— 에도가와 란포에 대하여

안민희 / 옮긴이

1894년 미에三重 현에서 태어난 히라이 다로平井太
郎는 초등학생 시절, 어머니가 번안된 추리 소설을
읽어준 것을 계기로 추리 소설에 흥미를 가졌다. 이
후 모험 소설과 번역 소설을 탐독하다가 와세다早稲
田 대학 정치경제학부에 입학했다. 그는 대학 공부
에 쫓기면서도 틈틈이 추리 소설을 읽었는데, 이때
처음 에드거 앨런 포와 코난 도일을 접했다.

　당시 일본은 번역서가 많지 않아서 다로는 사전
을 뒤져가며 포의 원서를 읽어야 했다. 그가 처음
읽은 포의 작품은 「황금 풍뎅이The Gold-Bug」였는데,
말 그대로 뛰어오를 듯이 신났다. 소설을 읽으며
'암호'에 흥미를 느껴서 서양 암호의 역사를 연구
하기도 했다.

　대학 졸업 후 그는 무역 회사, 헌책방, 음식점, 조
선소 등 여러 회사를 전전했다. 그러다가 1923년
잡지 《신청년新青年》에 「2전짜리 동전二銭銅貨」이라는

추리 소설을 발표하며 등단했다. 이때 사용한 필명이 바로 에도가와 란포다. 에드거 앨런 포를 일본식 이름으로 풀어쓴 것, 데뷔작이 「황금 풍뎅이」를 연상케 하는 암호 추리물이라는 것만으로도 포를 향한 그의 애정을 짐작할 수 있다.

에도가와는 실로 왕성한 작품 활동을 펼쳤다. 「D언덕 살인 사건D坂の殺人事件」에서는 '일본판 셜록 홈즈'로 불리는 '아케치 고고로明智小五郎'라는 탐정 캐릭터를 탄생시켰다. 아케치 고고로는 시리즈로 확대되어 큰 인기를 누렸다.

에도가와의 추리 소설에는 절대적인 철학이 있다. 그는 추리 소설 작가 기기 다카타로木々高太郎와 '문학과 추리 소설의 관계'라는 주제로 논쟁하며 이런 말을 남겼다.

"기기는 추리 소설이 수수께끼나 논리적 재미가 훌륭하고 독창적이어도 그것이 문학이 아니면 의미 없다고 했다. 나는 문학을 배격하지 않지만, 아무리 문학적으로 훌륭해도 수수께끼와

논리적 재미가 결여되었다면 추리 소설로서는 시시하다고 생각한다. (……) 기기의 문학제일주의와 나의 추리 소설제일주의가 혼연일체를 이루는 것이 이상적일 것이다. 하지만 이상과 현실이 거의 불가능하다는 것에서 문제는 발생한다."

—「한 사람의 바쇼에 관한 문제一人の芭蕉の問題」 중에서

추리 소설에 대한 에도가와의 분명한 입장은 어릴 적부터 쌓아온 추리 소설을 향한 애정에서 비롯된 것이리라. 포의 소설을 읽고 뛰어오를 듯이 신났던 것처럼 자신도 그러한 소설을 써야 한다는 책임감으로 이어진 게 아닐까?

그렇다고 에도가와가 추리 소설은 반드시 재미있어야 한다고 주장한 것은 아니다. 위의 글 마지막에 '일류 문학이면서 추리 소설 특유의 재미도 잃지 않는 지극히 어려운 길의 가능성을 부정하지 않는다. 나는 (그 어려운 것을 해낼) 혁명적 천재의 출현을 바란다'는 희망을 잊지 않았다.

에도가와는 '추리 소설의 아버지'로 불린다. 사

실 에도가와의 작품을 추리 소설이라는 특정 장르로 국한해서 보기는 어렵다. 본격적인 추리 소설도 있지만 괴기, 환상, 공포, 그로테스크, 잔혹, 남색, 엽기 등 실로 다양한 소설을 써서 대중의 인기를 끌었다. 자극이 일상적인 오늘을 살아가는 우리에겐 놀랍지 않지만, 당시 독자들이 느꼈을 신선함을 생각해보라. 당시 그의 인기는 숫자로도 증명된다. 1931년 에도가와의 첫 전집은 13권에 달했는데도 약 24만 부가 판매되어 당시 죽어가던 출판사를 되살렸을 정도였다.

이처럼 거침없었던 에도가와도 시대의 상황 앞에서 좌절을 겪어야 했다. 1930년대 중반부터 일본은 전쟁 체제를 갖추며 문화 예술 검열을 강화했다. 대중의 인기와 장르의 특성으로 인해 유독 에도가와의 작품이 검열 대상에 자주 올랐다. 작가 의지에 반하는 수정과 삭제가 이루어지는 등 표현의 자유를 강제 당했음은 물론이다.

이러한 현실에서 에도가와는 어린이용 탐정물을 쓰기 시작했다. 어린이 잡지 《소년구락부少年俱楽部》

에 뤼팽을 모티프로 한 「괴인 20면상怪人二十面相」을 연재했다. 이는 '어린이 탐정단' 시리즈로 이어지며 어린이 독자들의 절대적 지지를 받았다. 어린이 추리 소설답게 그는 권총과 칼 등 무기를 등장시키지 않았다. 누군가를 죽이거나 다치는 장면도 없었다. 괴인 20면상이 훔치는 물건은 돈이 아니라 언제나 미술 작품과 보석이었다.

태평양전쟁이 발발하자 어린이 추리 소설마저 쓰기 어려운 상황이 되었다. 에도가와는 평론 등으로 분야를 바꿨다. 수기 「추리 소설 40년探偵小說四十年」에 당시 그가 겪었던 고통이 절절히 배어 있다. 패전 후 라디오에서 흘러나오는 일왕의 항복 선언을 들으며 에도가와는 이렇게 적었다. '그때 나는 대장 카타르가 낫지 않아 뼈와 거죽만 남은 상태로 누워 있었다. 병상이었지만 이제 곧 추리 소설이 부활하겠구나 생각했다.' 그에게 패전은 추리 소설을 다시 쓸 수 있는 기회를 의미했다.

하지만 적지 않은 공백 탓일까. 전쟁은 끝났지만 에도가와는 예전처럼 창작에 열정적으로 달려들지 않았다. 그보다 작가 발굴과 추리 소설 발전에 힘썼다. 1947년 추리 소설 애호가들을 불러 모아 '추리 작가 클럽'(훗날 '일본추리작가협회'가 되었다)을 결성하고, 1954년에는 자신의 환갑을 기념해 추리 작가 클럽에 백만 엔을 기부해 '에도가와 란포 상'을 제정했다. 이 상은 지금도 신인 작가의 등용문으로 인식되며 전통을 이어가고 있다.

에도가와 이전과 이후에도 추리 소설 작가는 있었다. 하지만 에도가와의 이름이 지금까지 남아 있는 건 그의 작품이 여전히 강력한 생명력을 품고 꿈틀거리기 때문이다. 독자가 작가를 기억하는 한 작가는 결코 죽지 않는다. 우리가 알고 있는 만화 「명탐정 코난」의 주인공 '에도가와 코난'과 본편에 등장하는 '소년 탐정단'도 에도가와 란포를 향한 오마주가 아니던가. 일본의 셜록 홈즈로 불리는 아케치 탐정 캐릭터는 일본의 수많은 콘텐츠에 등장하고 있다. 이른바 2차 창작의 원본인 셈이다.

개인적으로는 에도가와의 작품을 리메이크한 영

화를 보다가 그로테스크한 시각 표현에 적잖이 놀란 기억이 있다. 이 책에도 실린 「인간 의자」처럼 에도가와는 무한한 상상력을 바탕으로 괴기스러운 작품을 뽑아냈는데, 생전에 표현의 자유를 억압당했던 에도가와가 자신의 상상력이 후배들의 작품에 쓰이는 모습을 어딘가에서 흐뭇하게 지켜볼 것만 같다. 물론 에도가와의 매력을 괴기스러움으로 단정 짓는 것은 옳지 않다. 「목마는 돌아간다」와 「도난」처럼 인간적인 해학이 물씬 풍기는 다른 작품도 꼭 한번 읽어주기를 바란다.

참조

위키피디아 일본 '江戶川乱步'

「에드거 앨런 포와 에도가와 란포」, 미야나가 다카시宮永孝, 《사회노동연구, 41권, p.41–50》, 1995. 3. 호세法政 대학 사회학부학회

'다자이 오사무, 나가이 가후, 에도가와 란포…… 문호들이 들은 「옥음방송」', 《주간아사히朝日, 2019년 8월 16일–23일 병합호》, 2019. 8. 14.

작가 연보

———

에도가와 란포

<u>1894년(1세)</u> 10월 미에三重 현 나가名賀 군 나바리초名張町에서 아
버지 시게오繁男와 어머니 기쿠きく 사이에서 출생

<u>1897년(4세)</u> 아버지의 전직으로 가족과 함께 나고야名古屋 시로
이사

<u>1901년(8세)</u> 나고야 시라카와白川 심상소학교에 입학

<u>1902년(9세)</u> 어머니가 읽어주는 책을 통해 추리 소설을 접했다.

<u>1905년(12세)</u> 나고야 시립 제삼고등소학교에 입학

<u>1907년(14세)</u> 아이치愛知 현립 제오중학교에 입학. 구로이와 루이
코黑岩涙香, 오시카와 순로押川春浪 등의 소설을 탐독했다.

<u>1912년(19세)</u> 3월 중학교를 졸업하지만, 가세가 기울며 고등학교
진학을 단념한다. 일을 찾아 가족 모두 조선으로 건너가지만, 에도
가와는 고학을 결심하고 도쿄로 돌아와 와세다 대학에 입학한다.

<u>1914년(21세)</u> 에드거 앨런 포와 코난 도일 등의 소설을 처음 접하
고 심취한다.

1917년(24세) 11월 도바鳥羽조선소 전기부에 취직한다. 사내 잡지
《니치와日和》편집과 아이들에게 동화를 읽어주는 모임 등 지역 교
류 업무를 맡는다.

1919년(26세) 11월 동화 모임에서 만난 소학교 교사 무라야마 다
카코村山隆子와 결혼한다.

1922년(29세) 9월 취직과 퇴직을 반복하다가 실업한 틈에 「2전짜
리 동전二錢銅貨」과 「한 장의 티켓一枚の切符」을 탈고한다. 이 시기부
터 에도가와 란포라는 필명을 쓴다.

1923년(30세) 문인들에게 호평을 받으며 《신청년》이라는 잡지에
게재된 「2전짜리 동전」으로 등단한다.

1925년(32세) 일본을 대표하는 탐정 캐릭터 아케치 고고로明智小
五郎가 등장하는 「D언덕 살인 사건」이 큰 호평을 얻는다. 그밖에도
괴기, 에로티시즘, 환상, 넌센스 등 다양한 개성을 지닌 통속 추리
소설을 다수 발표하며 인기를 얻는다.

1927년(34세) 2월 《아사히朝日 신문》에 연재한 「난쟁이一寸法師」가
좋은 평가를 받으며 영화화되었으나 본인이 만족하지 못하고 절필
을 선언한 후 각지를 방랑한다.

1928년(35세) 8월 절필을 마치고 자신의 총결산적인 중편소설 「음울한 짐승陰獸」을 발표. 불건전한 내용이라 간주되는 한편 전대미문의 트릭을 사용한 추리 소설이라는 극찬도 받았다.

1931년(38세) 5월 첫 『에도가와 란포 전집』이 발매되었고, 총 24만 부가 팔리는 기염을 토했다.

1936년(43세) 어린이 잡지인 《소년구락부》에 「괴인 20 면상」을 연재하며, 소년 독자들의 압도적인 지지를 받은 '소년 탐정 시리즈'를 탄생시킨다.

1937년(44세) 일본이 전쟁 체제에 돌입하며 예술에 대한 검열이 심해지는데, 특히 에도가와의 추리 소설은 빈번하게 삭제 및 수정 대상이 되었다. 일설로는 내무성 블랙리스트에 그의 이름이 올랐다고 한다.

1941년(48세) 원고 의뢰가 거의 끊기고 이전 작품들은 거의 절판된다. 태평양전쟁 이후로는 소년 탐정 시리즈조차 검열로 인해 집필이 어려워진다. 어린이용 과학소설이나 해군 회보에 싣는 논평 등을 썼다.

1947년(54세) 추리 작가 클럽(일본추리작가협회의 전신)을 결성하고 초대 회장으로 선출된다.

1949년(56세) 창작 활동을 재개하지만, 추리 소설보다는 어린이용 소설과 평론을 주로 발표한다.

1954년(61세) 10월 환갑을 기념하여 그의 이름을 딴 추리 소설계의 문학상인 '에도가와 란포 상'이 제정된다. 다시 소설을 쓰겠다고 공언하고 실제로 그 후 다수의 소설을 발표한다.

1960년(67세) 1월 《일본어판 히치콕 매거진》에 「손가락指」을 발표하는데, 이것이 어린이용 소설을 제외한 마지막 창작이었다.

1965년(72세) 7월 뇌출혈로 사망한다.

인간 의자

초판 1쇄 발행 2020년 9월 25일
초판 3쇄 발행 2025년 1월 31일

지은이 에도가와 란포
옮긴이 안민희
펴낸이 윤동희
펴낸곳 북노마드

편집 김민채
디자인 석윤이
제작처 교보피앤비

출판등록 2011년 12월 28일
등록번호 제406-2011-000152호
문의 booknomad@naver.com

ISBN 979-11-86561-68-3 04830
      979-11-86561-56-0 (세트)

www.booknomad.co.kr